Oliver Kalkofe

KALKOFES LETZTE WORTE

Eichborn

Mit freundlicher Unterstützung von:
FSR Unterhaltungsbüro GmbH
Lister Meile 33
30161 Hannover
http:/www.fruestyxradio.de

Umschlaggestaltung: Christina Hucke unter
Verwendung eines Fotos von Christian Bruch.
Fotos: Christian Bruch, © TV Spielfilm
Satz: Johannes Steil
Druck und Bindung: Wiener Verlag, Himberg
ISBN: 3-8218-0551-X

Verlagsverzeichnis schickt gern:
Eichborn Verlag, Kaiserstr. 66,
D-60329 Frankfurt am Main
http://www.eichborn.de

Was ist eigentlich ein Kalkofe?

Wie wird man sowas? Und wozu? Nun, so ganz genau weiß ich es selber nicht. Wenn einst John-Boy allsonntäglich versonnen am Griffel nuckelte und dabei schelmisch des ersten Sackhüpfens auf Waltons-Mountain gedachte, so wurde klar, was diesen sympathischen jungen Schleimer geprägt hatte: seine Kindheit. Meine Erinnerungen an früher sind eher karg und verworren – wahrscheinlich eine Art Schutzfunktion des Unterbewußtseins.

Ich glaube, meine früheste Kindheit verbrachte ich in Engelbostel, einer außerirdischen Reihenhaus-Gemeinde irgendwo zwischen Hannover und Riegel 7. Mit acht Jahren wurde ich von Balu und Baghira, zwei herzensguten Fliesenlegern, aus dem Dschungel der Kleinbürgerlichkeit in eine Art Menschensiedlung gebracht, die da hieß Peine. Eine jener typischen deutschen Städte, die sich nicht entscheiden können, was sie eigentlich darstellen wollen: zu popelig, um vom Rest des Landes ernstgenommen zu werden, aber zu groß, um es im Auto-Atlas einfach zu übermalen. Eine Mischung aus Ikea, Entenhausen und Twin Peaks – unterschwelliger Wahnsinn gepaart mit leichtfüßiger Spießigkeit, aber nicht ohne einen gewissen kuriosen Charme. Das gelebte Mittelmaß – hier macht sogar der Italiener den Cappuccino aus der Tüte.

Als Jugendlicher mit Erlebnisdrang hatte man nur die Möglichkeit, sich permanent zu besaufen oder einen Videorekorder zu kaufen. Letzteren hatte ich schon sehr früh, und nur selten war ich nüchtern. Happiness was a warm tv-set und eine mit Scheibletten-Käse verfeinerte Tiefkühl-Pizza, als ausgefuchster Schülerstreich galt schon, wenn man sich nicht meldete, obwohl man die Antwort wußte. Zu meinen intensivsten Erinnerungen an diese Zeit gehören ein vergnüglicher Abend mit Cindy und Bert in den Peiner Festsälen, permanentes Versagen bei den Bundesjugendspielen und mein späterer Wochenendjob als Wachpersonal in einem Möbelhaus, wo ich darauf achten sollte, daß niemand mit einer Einbauküche unter der Jacke das Gebäude verließ. Trotz meiner Wachsamkeit gelang es aber einmal einem Kunden, unbemerkt in einen der Schlafzimmerschränke zu scheißen. Als ich die am Tatort vorsätzlich zurückgelassene Magen-Endmoräne entdeckte, war der kriminelle Abdrücker bereits über alle Berge und auf der Suche nach neuen Herausforderungen – er wurde nie gefaßt. Ich gönne es ihm, denn auch wenn seine Form der Kunst nicht gerade ästhetisch zu nennen ist, so zeugte sie doch von einer für diesen Landstrich ungewohnten Originalität und ein gerüttelt Maß artistischer Perfektion. Aber wahrscheinlich war es doch nur ein Tourist …

Tja – wenn ich ehrlich bin, muß ich zugeben, daß diese kurzen Fetzen meiner Memoiren trotz heiter-besinnlicher Momente auch nicht den erwünschten Aufschluß über die Schuldfrage meiner seltsamen Existenz zu geben vermögen. So soll sie denn vorerst ein Mysterium bleiben und einsamen Hobby-Psychologen als Anlaß für angeregte Gespräche dienen. Allen Reisenden sei jedoch warnend zugerufen: Wanderer, kommst Du nach Peine – geh ruhig mal rein, doch nicht alleine!

Bleibt die Frage: wieso dann ausgerechnet so ein Buch, bei einer derart fragwürdigen Existenzgrundlage des

Autors? Ist die Antriebsfeder Mitleid für ihn seitens des Verlegers, die Langeweile unterbeschäftigter Buchdrukker, Gier nach Ruhm und Reichtum, schiere Dummheit oder einfach blinder Aktionismus? Genau erinnere ich mich nicht mehr, ich weiß nur noch, daß da viele leere Seiten waren, die es zu füllen galt, und es hieß entweder ich oder seltene Aktaufnahmen von Karl Moik. Ich habe mich geopfert. Für Sie! Gern geschehen. Schicken Sie keine Blumen, der Kauf dieses Buches ist mir Dank genug. In ihm zusammengetragen finden Sie beinahe alle Texte, die ich im Laufe meiner siebzigjährigen Tätigkeit seit 1995 unter dem Titel *Kalkofes letzte Worte* für *TV Spielfilm* verfaßt habe, weil der *Spiegel* sie als »zu kompliziert« ablehnte. Einige der Kolumnen fanden leider nicht den Weg in dieses Werk, weil sie heute nicht mehr aktuell sind, schlecht rochen oder eigentlich auch nicht viel dümmer waren als der Rest, was wiederum das Ganze nur noch komplizierter macht. Als Ausgleich aber finden sich zusätzlich einige Gastkommentare, die entweder in anderen Publikationen wie *Playboy*, *Amica*, *Prinz etc.* erschienen oder die keiner haben wollte. Wie auch immer: da Sie ohnehin schon bezahlt haben, sollten Sie auch ruhig alles lesen. Vielleicht gefällt es Ihnen ja sogar, man kann ja nie wissen. Also dann – ich will nicht weiter stören!

Oliver Kalkofe

SIND KINDER WIRKLICH DOOF?

Möglich. Aber sind sie auch so doof, wie das Fernsehen es uns weismachen will? Finden sie es wirklich cool, wenn hoppelnde Pubertätsverweigerer aus Gewissensgründen mit verkehrtrummer Baseballmütze auf dem Bildschirm versuchen, ihre schlechten Noten im Mündlichen zu verbessern? Ist es spannend, wenn über Telefon die zugeknisterte Stimme eines lispelnden Gehirn-Azubis mit Betonspange in der Fresse verrauschte ›Hoch-Runter‹-Befehle stottert, während wir die neuesten Verbrechen der Videospiel-Industrie miterleben müssen? Und fahren die Kids überhaupt noch ab auf Spiele wie *Schweineschlachten mit den Mario Brüdern*, *Erbsen zählen mit dem Knight Rider* oder *Eierschaukeln mit Donkey Kong*?
Vorbei scheint auch die schöne Zeit, als harmlos in die Luft gesprengte Miezekatzen und von Felsen zermalmte Coyoten die Zeichentrickserien verschönten – heute sind es entweder atombombenbeladene Mutanten-Toaster aus Japan oder kulleräugige Knuddelmöpse aus der Disney-Legebatterie für Kuscheltier-Vermarktung. Keine Ahnung, was davon widerlicher ist.
Doch welcher Jugendliche entwickelt wohl keine Gewaltphantasien, wenn in einer ihm zugedachten Sendung ein fledermausohriger Cartoon-Eumel namens *Hugo* mit fettem Arsch und Riesenmauken durch die Gegend hüpft und körperlich schmerzende Schüttelreime aus dem Lyrik-Nirvana daherbrabbelt? Oder wenn in *X-Base*

grobmotorische Backfische crazy gut drauf sind, mit den Armen fuchteln wie Joe Cocker bei der Krankengymnastik und dabei pseudo-cooles Mantafahrer-Englisch speaken wie ein Straßen-Rapper aus 'ner Ummelner Reihenhaussiedlung? Und reicht eine süffige Strickmütze über dem gelbgesprühten Schmierhaar denn heute wirklich schon aus, um aus einer koksnasigen Mitesserplantage einen Teenie-Schwarm zu machen, Herr Bokelberg?
Aus Kindern werden Leute. Das ist zu befürchten. Nur was für welche – bei der Vergangenheit? Ein weiser indianischer Redakteur sagte einmal selbstkritisch: »Wir machen Sendungen, als hätten wir noch ein paar Kinder im Kofferraum«. Ein Gedanke, der betroffen macht.

MÜSSE MER SE REINLASSE?

Mia fällt oin Oi aus meine Hos – die Jecke, die sind wieder los! Tätä tätä tätä! Herzlich willkommen zur gefährlichsten Jahreszeit – dem Karneval. Volle Straßen mit noch volleren Menschen, die sich knollige, rote Papprunkeln in die Fresse flantschen, den Schlüpfer über die Rübe ziehen und laut an der Tankstelle ›Ole, wir fahren in'n Puff nach Barcelona‹ grölen, während sie mit dem Oberkörper über dem Ölauffangbecken hängen. Frustrierte Sparkassenangestellte schütten sich solange *Schlüpferstürmer*, *Sockenqualmer* oder andere Phantasie-Alkoholika auf Spiritusbasis in den Hals, bis man mit ihrem Blut ein Moped antreiben könnte. Egal, ob einem gerade der Dackel vom Balkon gefallen ist, das rechte Bein amputiert wurde oder man einfach nur aus Gründen der Individualitätspflege nicht am kollektiven Frohsinnsdiktat teilnehmen möchte – wer dieser Tage die Straße allein und nicht in einer Polonäse überquert, ist ein doofer Spielverderber und stinkt.

Und schon jetzt läuft mir ein Schauer über den Rücken, wenn ich daran denke, wie oft man mir wohl in dieser Woche im Fernsehen vorsingen wird, daß ›der Erwin der Heidi von hinten an die Titten faßt‹. (Ja, es sind die Titten, nicht die Schultern, bitte glauben Sie mir.) Auf jedem Sender wird ein Humor-Exekutionskommando namens Elferrat tagen, die Köpfe bedeckt mit diabolisch dreizackigen Witzableitern. Mainz wird leider weiter Mainz bleiben, selbst wenn dort schon lange keiner mehr singt oder lacht, und auch dieses Jahr werden wir – wahr-

scheinlich – noch einmal den Dom in Kölle lassen. 10.000mal wird ein ulkiges Tätä als Satzabschlußzeichen ertönen, was in Wirklichkeit nicht mehr bedeutet als ›Hallali, der Witz ist tot!‹
Keine Kugel, kein Knoblauch und kein Kruzifix kann uns helfen, wenn die Zombies der Heiterkeit einmal im Jahr aus ihren miefigen Gräbern der Bürgerlichkeit aufsteigen, um uns in ihr Reich zu schunkeln. Wenn Sie es überstehen wollen: Verhalten Sie sich unruhig, lassen Sie zur Tarnung eine Luftschlange aus der Hose hängen und beten Sie, daß uns die Regierung niemals den Aschermittwoch wegkürzt.

DIESER TEXT IST NUR GELOGEN

Pfui Fernsehen! Was muß ich da hören? Bei Dir wird geschummelt? Okay, im Alltag kennen wir das ja, wenn die fette Schlachtersfrau mit dem ärmellosen Polyesterkittel ihre noch verbliebenen drei Finger mit in die Waagschale wirft, oder die zierliche Brünette mit der Modelfigur beim Ablegen ihres Wonder-Korsetts zur Miß Übergröße mutiert. Aber im Fernsehen? Meinem väterlichen Freund in Zeiten der Lethargie und Einsamkeit? Unserem Fenster zur Realität? Dem Arbeitgeber selbstloser Philanthropen, die die Menschheit hier mit bildungsfördernder Information, dort mit zerstreuender Unterhaltung beglükken wollen?
Wie unfair! Jahre aufopfernder Schufterei für das seelische Wohlbefinden des Menschen hinter der Quote – und dann kommt ein dahergelaufener Hollywood-Schönling angeschissen, macht nen Quiz-Skandalfilm und schon wird in den Medien die Redlichkeit des deutschen TVs mit schmutzigen Verdächtigungen besudelt!

›Die Gäste bei Schreinemakers sind nicht echt!‹ – Na

und? Die Zähne von Heinz Schenk doch auch nicht, und trotzdem war immer der Bembel voll. ›Bei Ulla Knapp-im-Schritt's 100.000-Kracher-Show werden die Spiele manipuliert.‹ – Gottseidank, sonst wäre die Sendung wahrscheinlich noch beschissener.
Oder ist etwa wirklich *alles* nur Täuschung? Besteht das Publikum bei ›Der Preis ist heiß‹ gar nicht aus echten Freigängern der geschlossenen Psychiatrie sondern nur aus gedopeten Statisten vom Club der Anonymen Vollidioten? Spendet die GEZ heimlich ihre Millionen an hungernde Kinder? Kann Maren Gilzer sprechen und hat Stummelbeine? Ist Barbara Eligman gar nicht Barbara Eligman? Mein Weltbild zerbröselt ... vielleicht ist Lippert in Wirklichkeit auch gar kein schlechter Moderator und spielt uns allen nur etwas vor. Wäscht Ilona Christen ihre Schlüpfer privat gar nicht mit Ariel? Wäscht sie sie überhaupt? Iiiiiiih ... nein danke, ich möchte gar nicht weiter darüber nachdenken. Niemand wagte damals zu hinterfragen, wie Jesus es wohl geschafft hat, Wasser in Wein zu verwandeln. Vielleicht hatte Petrus ja einen Getränkemarkt? Fernsehen ist Glauben. Üben wir uns in Demut.

MAMA, DARF ICH ZU SAT 1?

»Nein, Oliver, du bleibst schön hier und machst deine garstige Sendung!« – »Aber Mama, die anderen dürfen auch alle ... der Harald, der Thomas ...« – »Na gut, aber erst schreibst du deine Kolumne zuende ... und wasch dir die Hände, bevor du da hingehst!«

Tja, jetzt ist es raus – Sat 1 kauft alle Häuser leer! Gut, RTL stellt sich noch doof (*»Gott-wer ist weg? Ach der blonde Abzocker mit der Rudi Völler-Frisur? War der überhaupt bei uns? Wenn ja, dann hätten wir ihn sowieso gefeuert, den mögen wir gar nicht!«*) und in der ARD wird man nur wie bei jeder Krise sehr betroffen sein, drei Tage heulen und dann versuchen, Radio Bremen dichtzumachen. Aber bei all dem Trubel merkt keiner, was wirklich dahintersteckt – der ›Plan-Plan‹ von Sat 1, um vom Ewigen Zweiten zum Endlich Mal Ersten oder Endgültig Dritten zu mutieren: alle wichtigen Stars vom Markt wegkaufen und in die Speisekammer sperren, bis der kalte Wind der Geisterstädte über die Redaktionsflure der gegnerischen Sender bläst und Dr. Thoma vor dem Kölner Dom Würstchen mit RTL-Logo verkaufen muß.

Und jetzt geht's natürlich erst richtig los – die Panik greift um! Wen holen sie sich als nächstes? *»Äm, Herr Wickert, mit wem haben Sie denn da eben telefoniert? – Aha, Ihre kranke Tante ... nicht Sat 1 ... ach so ...«* Keiner bleibt mehr, wo er war. Elstner geht zu VOX, denen ist sowieso inzwischen alles scheißegal, Linda de Mol zum ZDF (Licht ausmachen und noch mal mit dem Lappen über die Tische wischen) und Schreinemakers verläßt Sat 1, nur um sich wieder zurückkaufen zu lassen. Und wer nicht geholt wird, ruft selber an. *»Guten Tag, Lippert, ich bin hier ganz allein, ich glaub man hat mich vergessen, und da wollte ich nur mal fragen, ob ich nicht auch kommen kann ... Zwei Millionen? Ja, ich denke, das kann ich aufbringen!«*

Sie lachen? Von mir aus – aber stellen Sie sich erst einmal vor, was passiert, wenn bei den teuer eingekauften Altstars die ersten Fehler und Quotenbrüche auftreten und Opel mit den Öffentlich-Rechtlichen eine Rückrufaktion für Show-Moderatoren einleiten muß! Das wird ein Chaos!

SCHATZ, ICH GLAUB ICH KRIEG ’NEN SENDER!

»Mama, wo kommen eigentlich die vielen kleinen Sender her?« Schluck! Einer der Momente, die eine Mutter neben den Fragen ›Was ist Sex?‹ und ›Kannst du eigentlich noch was anderes kochen außer Dosensuppe?‹ wohl am meisten fürchtet.

Wie erklärt man es seinem Kind? Da gibt es die Blumen und die Bienen, die Quoten und die Werbung, die Antenne und das Kabel … nein, nicht gut. Irgendwann war auf der Erde alles voller Schleim, aus dem erhoben sich die ersten Showmaster, grinsten und forderten die Primaten auf, sich gegenseitig mit der Keule auf den Kopf zu hauen, bis das Publikum lacht und dann … Mist, geht auch nicht. Nun, da war der liebe Gott und der … nein, den wollen wir da lieber doch nicht mit reinziehen.

Lassen wir also das unsinnige Erklären, hauen dem vorlauten Blag links und rechts eine runter für die dumme Frage, und freuen wir uns einfach, daß es das Fernsehen gibt. Und jeden Tag wird es mehr. Wo einst nur zwei Sender mit ein paar verwandten Kleinstatiönchen eine glückliche Ätherfamilie bildeten, tummeln sich nun Dutzende von Programmen. Es gibt etwas für jeden Geschmack und sogar für Geschmäcker, die es selbst noch gar nicht gibt.

Und während wir so die Gedanken fliegen lassen, wird uns plötzlich alles klar und wir erkennen eines der größten Wunder der Natur: Fernsehsender sind die erste Spezies, die sich durch Selbstbefriedigung fortpflanzt. Siehe RTL – das Luxemburger Elterntier ist derart in sich selbst verliebt, daß es sich niemals um einen Befruchtungspartner kümmern würde. Und trotzdem plumpste irgendwann der kleine RTL2 aus der Mama – und schon bald kam ein Brüderchen, Super-RTL. Heißa, da wird Papa Thoma aber gucken, wenn die zwei Racker ihren ersten Kindergeburtstag feiern und all die anderen neuen kleinen Sender einladen: ARD plus, Mega-mdr, Sat-Sat, Pro 8 bis Pro 14, ZDF 2, VIX und VOXI, Alzheimer 1 – der Seniorenkanal, der Frauenkanal SCHUH-TV …
Bleibt die Frage: wie verhütet man bei Selbstempfängnis? Bei dem Narzißmus der Sender ist damit zu rechnen, daß wir in ein paar Jahren wahrscheinlich mehr Programme haben als Zuschauer! Dürre kleine Fernsehstationen, die hilflos nach Quoten japsen und elendig verhungern. Ein trauriges Bild. Einziger Vorteil für den Konsumenten: er kann die GEZ-Gebühren als Spende absetzen!

GIB DER QUOTE KEINE CHANCE!

Ein lautloser Killer geht um. Keiner hat ihn je gesehen, niemand weiß wie er aussieht. Aber er tötet erbarmungslos. Sein Name ist Quote, Einschalt Quote. Er befällt Sendungen und ist quasi das Aids-Virus der Fernsehlandschaft. Kurios: je weniger es erscheint, desto gefährlicher ist es. Das Heimtückische an ihm: es gibt keinen Schutz. Es wird automatisch via Äther übertragen und befällt sein Opfer bei der Erstausstrahlung. Ist der Patient Sendung infiziert, so muß garantiert sein, daß die Quotenkörperchen bei der täglichen Analyse einen bestimmten Wert nicht unterschreiten – sonst Exitus.
Grausam, nicht wahr? Und täglich lesen wir in der Bild-Zeitung von neuen Opfern. *Oje – Elstner schon wieder kaputt! Oops – Beckmann zerbröselt! Igitt – Carrell juckt der Sack!* Aber erst wenn wir weiterlesen, entdecken wir das wirklich Perfide – WIR selbst sollen die Quote sein! Das heißt nicht wirklich wir, sondern ungefähr 1500 repräsentative Wirs, die im Auftrag der GfK (*Gesellschaft für Kwotenmessung*) als lebender Durchschnitt für uns die Verantwortung übernehmen müssen. Sich ihrer Macht wahrscheinlich nicht bewußt entscheiden diese kleinen Halbgötter in Jogginghosen daheim auf dem Sofa zwischen der dritten Tüte Chips und dem zwölften Furz über

Leben und Tod. Gleichzeitig sagen sie uns, was *wir* mögen, denn sie sind Ihre und meine gesetzlichen Vertreter am Meßgerät. Wenn ich die Ergebnisse richtig deute, heißt das für mich: Ich liebe Hans Meiser, informiere mich über neue Wörter im Glücksrad, krieg nen Ständer bei Ilona Christen und tanze auf dem Tisch beim Musikantenstadl. Mmh … war mir noch gar nicht aufgefallen. Aber kann es nicht auch sein, daß durch Zufall gerade 1.500 Vollidioten mit dem Quotenmesser ausgerüstet wurden? Das ist statistisch gesehen unwahrscheinlich? Okay, in Edemissen auf dem Gemeindefest beim Sackhüpfen vom Blitz getroffen zu werden ist es auch – und trotzdem ist es wahrscheinlich schon mal passiert.
Nun, was auch immer – eines ist klar. Keine Sendung kann ohne Quote leben. Das Fernsehen braucht uns. Wer nicht guckt, tötet. Darum: retten Sie Leben! Schalten Sie niemals ab!

EINE ODE AN DIE FRAU IM FERNSEHEN

Ich möchte Maren Gilzer heiraten. Sie hat tolle Beine, lächelt immer und schmutzt nicht. Vor allem aber ist sie stumm und hat einen festen Job beim Fernsehen. Gut, Sie dreht nur Buchstaben um, aber immer noch besser als Autos aufbrechen oder mit Drogen handeln. Und bestimmt kann sie auch bügeln. Und kochen. Oder wenigstens die Nummer vom Pizza-Dienst wählen. Ich glaube, ich bin verliebt!

Ist so die ›deutsche Frau‹? Man kommt ja kaum noch raus, da muß man sich ein wenig auf das verlassen, was im Fernsehen als repräsentativer Querschnitt gezeigt wird. Sind die Straßen demnach also wirklich voll von schlanken mandelnasigen Schönheiten, mit der attraktiven Leere im Kopf und dem verlockenden ›Besorg's mir, ich bin dumm wie Brot‹-Blick in den Augen? Oder sind sie doch mehr wie Ilona Christen? Dann bleib ich lieber drinnen. Die sieht aus wie 'ne Gouvernante mit Designerbrille und guckt immer so, als wolle sie sagen: »Na, kleiner Mann, weißt du eigentlich, daß ich viel smarter bin als du? Und übrigens – welche Erfahrungen hast du denn so mit Ariel futur gemacht?« Nein danke, da wasch ich mir die Hemden lieber selber.

Aber was für eine Art Frau könnte es denn sonst geben? Ach ja, da ist ja noch die dusselige Kuh, die morgens ihrem Lover telefonisch einen Anschiß verpaßt, weil er ihre dämliche Drecksmargarine aufgefressen hat! Und Witta Pohl. Für diesen Typus ist ja meines Wissens mal der Ausdruck ›Schreckschraube‹ geprägt worden. Die robuste Übermutter, die mit beiden Stützstrümpfen voll im Leben steht, wenn es sein muß auch mal eine Kuh k.o. schlägt und jeden Sohn schwul werden läßt – aber nach Feierabend ist sie doch ganz ›Frau‹ und macht Werbung für Geschirrspülmittel.

Soll das wirklich schon alles sein? Falls nicht – warum beschwert sich keiner? Haben die weiblichen Bevölkerungsteilnehmer resigniert das Handtuch geworfen und vor der Blödigkeit der Medien kapituliert? Oder sind die Erfolge der Emanzipation bereits wenige Jahre vor der Jahrtausendwende von schleimig grinsenden Fernseh-Redakteuren in die Flucht geschlagen worden? Keine Ahnung. Ich bleibe ratlos und bete zum lieben Gott, daß die echten Frauen niemals zu solchen Parodien ihres eigenen Geschlechts werden, wie sie uns vom Fernsehen vorgegaukelt werden.

FERIEN AUF SAGROTAN

Pralle Hintern wölben sich in engen Shorts, bleiche Häute erröten pustelnd in den ersten Sonnenstrahlen, und pappene Einweg-Kameras klicksen Bilder von grinsenden Dorftrotteln vor taubenschiß-verzierten Ortseingangsschildern – es ist Urlaubszeit! Horden entseelter Pauschal-Idioten zwängen sich in fliegende Sitzbatterien, um in zubetonierte Arschloch-Ghettos transportiert zu werden, wo sie ihr alltägliches Spießerleben mit Sonnenöl und Jägerschnitzel bei 30° im Schatten in gewohnter Tumbheit fortsetzen und das Bild des Deutschen im Ausland um ein paar Dutzend Peinlichkeiten anreichern. Andere sagen: »Wozu in der Ferne scheißen, wenn das eig'ne Klo so nah?« – und kaufen sich ein sogenanntes ›Ferienappartement‹. Meist eine mickerige Karnickelbutze mit rustikaler Einrichtungsparodie, Kochnische und Naßzelle in einem 34-Parteien-Betoncontainer im Gewerbegebiet von Cotzhaven oder Bad Leckmichdoch. Diese muffigen Existenzgruben sind gewöhnlich noch häßlicher und deprimierender als die jeweiligen Hauptwohnsitze der bedauernswerten Gestalten und würden von Amnesty International noch nicht einmal als Einzelhaft-Zelle für Kriegsverbrecher zugelassen, gelten ob ihrer höchst zweifelhaften Lage beim stolzen

Besitzer aber als Ort der Entspannung. Genausogut kann man ein Furunkel am Arsch als Schönheitsfleck verkaufen.
Aber andererseits – was soll man sonst während der Ferienmonate tun? Fernsehen ist ja quasi unmöglich, da alle Sendungen Sommerpause machen. Maggie Schreinemakers läßt sich in der Karibik die Hühneraugen abschmirgeln, Carrell fliegt zum Ideenklauen in die Staaten, und Maren Gilzer erkundigt sich erst mal, wieviel Konsonanten in URLAUB sind. Ein Blick auf die Uhr, ein ›Huch, es ist ja schon Sommer!‹, und der Star wird zum Beamten, läßt die Griffel fallen und verpißt sich.
Der zurückgebliebene Zuschauer aber macht das Gerät an, sieht das Gebißwackeln von Peter Steiner als 17. Wiederholung und denkt: »Mein Gott – muß ich schon sterben und sehe die schlimmsten Shows noch einmal an meinem geistigen Auge vorbeiziehen?« Da nimmt man dann doch lieber die paar Wochen Abschiebehaft nach Mallorca in Kauf.

DIE ZUKUNFT DES FERNSEHENS

Die Geschichte des Fernsehens ist eine Geschichte voller Mißverständnisse. Dabei hat dieser kleine Kasten vielleicht mehr für die Verblödung der Menschheit getan als jedes andere Medium. Doch wie wird seine Zukunft aussehen? Was wird unser flimmernder Lebensabschnittsgefährte beispielsweise im Jahr 2000 zu bieten haben? So viele neue Sackgassen stehen ihm offen – für welche wird er sich entscheiden? Betrachtet man Entwicklungen wie den Reste-Verwerter Super-RTL, der ›innovativ‹ für eine Ferkelei hält und 100% seines Programms aus der Tupperschale des Muttersenders bestückt, scheint seine Zukunft ja mehr im Futur 2 (›Ich werde es schon mal gesehen haben‹) zu liegen.

»Interaktives Fernsehen! Der Zuschauer wird aktiv in das Geschehen auf dem Bildschirm eingreifen können!« hört man die Medien-Visionäre allerorten aus dem Kaffeesatz fabulieren. Wie soll ich das verstehen? Ich kann von meinem Sessel aus Ilona Christen einen Eimer über den Kopf stülpen? Bei Alfredissimo in die Suppe spucken? Derrick einen Stuhl anbieten? Oder kann ich endlich bei Hans Meiser ganz laut »Schnauze, ihr Idioten!« in das Studio brüllen? Keine Ahnung, wahrscheinlich wieder mal gar nichts davon. Das Interaktivste wird auch in hundert Jahren noch bleiben, den Abschaltknopf zu drücken oder beim Puppen-Theater »Vorsicht, Kasper, das Krokodil!« zu rufen.

Wo sich allerdings einiges tun wird, ist der Bereich Game-Show. Da es doofer als heute ohnehin nicht mehr geht und man außer den Goldreserven von Fort Knox bereits alle möglichen Geldpreise verballert hat, werden Leben und Gesundheit an erster Stelle stehen. ›*Operier mir!*‹ – die lustige Transplantations-Show mit acht bleichen Kandidaten am Gute-Laune-Tropf, die um eine Spenderniere spielen. ›*Traum-Selbstmord*‹ – vier Suizid-Kandidaten im Depressions-Contest auf dem Dach eines Wolkenkratzers, der Gewinner wird geschubst. Oder auch ›*Familien-Duell 2000*‹: »Werner, ich setze meine Schwägerin und meinen zweiten Sohn!« – »Spannend, Helga – das ist eine Master-Frage! Wenn du die falsch beantwortest, müssen wir sie leider erschießen!« Und falls die Quoten sinken, nehmen die Sender Geiseln: »Bleiben Sie dran – oder wir jagen einen Kindergarten in die Luft!« Brave New Bullshit.

WUFF!

»Lassie hat Durchfall – ich glaube, irgendwo bricht wieder ein Staudamm!« Welchem Kind fiel vor 20 Jahren wohl nicht vor Spannung die Zahnklammer in den Plantagentrunk, wenn die amerikanische Mutter Beimer ihrem kotzniedlichen Klischee-Bratzen Timmy beim selbstgebackenen Apfelkuchen diese Hiobs-Botschaft überbrachte. Gut, dem kindlichen TV-Konsumenten sei es nachzusehen, daß er den IQ der sabbernden Chappi-Freßmaschine mit dem eines Atomphysikers gleichsetzte. Erschreckend aber ist, daß sogenannte Erwachsene es heute noch genauso tun: »Ein Hund ist mir lieber als so mancher Mensch. Meine Frau hat mich betrogen, aber mein kleiner Furzel noch nie!« – Okay, unser schwanzwedelnder Freund trägt auch keine kurzen Röcke und kann die Tür nicht öffnen, wenn der Postbote klingelt – aber wenn nur einer seiner Kläffer-Kumpel im Scheidungsrecht bewandert wäre, würde er Herrchen den Arsch aus der Hose klagen, das ist mal sicher!

Fragt man sich, was dann diese ganzen Viecher-Serien im Fernsehen so attraktiv macht. Die Erkenntnis, daß die meisten Menschen doofer sind als ein Meerschweinchen von der Mittelschule? Quatsch, um das zu erfahren kann

ich auch das Glücksrad gucken. Außerdem sind die gar nicht so clever – wir hatten früher auch einen Dackel, aber da mußten wir schon applaudieren, wenn er beim Pinkeln nicht auf die Fresse fiel.
Trotzdem entblöden sich die deutschen Serien-Produzenten nicht, als neueste Mode sogar knifflige Mordfälle von den filzigen Zecken-Wohnheimen aufklären zu lassen: *Kommissar Rex, Zwei Partner auf sechs Pfoten, Trio mit zwei Hirnen* oder wie immer diese Wau-Wau-Thriller heißen mögen … und wahrscheinlich ist es nur eine Frage der Zeit, bis Derrick auch seinen Treppenterrier Harry an der Leine führt: *»Ich glaube, ich muß mal, Stephan!« – »Ich weiß, Harry! Wir gehen gleich am Tatort Gassi!«*
Und was passiert, wenn Mopsy Mops als Berater des Präsidenten out ist und sogar Flipper, die freiwillige Thunfischeinlage, keinen Job mehr als Gehirnchirurg bekommt? Dann sind die Randgruppen dran: *Karlotta, die Killer-Kuh – Agent Alfonso, Amöbe im Dienst des FBI – Henry: ein halbes Hähnchen dreht durch* – usw. Aber eins verspreche ich: spätestens wenn *›Kommissar Bandwurm – zwei Partner und ein Lokus‹* kommt, melde ich mein Gerät ab!

WEHE, WENN ES KLINGELT!

Ding-Dong! Es klingelt. Wer mag das nur sein? Ein Glücksbote, der einen Millionengewinn überbringt? Aber Walter Sparbier ist tot. Ding-Dong! Schon wieder. Der Briefträger klingelt immer zweimal, das weiß ich aus dem Kino, und meistens gibt es dann Sex auf dem Küchentisch. Vielleicht sollte ich doch lieber aufmachen ... andererseits habe ich gar keinen Küchentisch. Ding-Dong! Seien wir mal ehrlich – wer könnte schon um diese Zeit bei mir klingeln? Kaum jemand, der Nettes mit sich bringt. Früher konnte man trotzdem ruhig aufmachen. Das Schlimmste, das einem damals bei unvorsichtigem Öffnen der heimischen Eingangsschranke entgegenlächeln konnte, war vielleicht die vollgeschmierte Spachtelfresse der dicken Avon-Beraterin oder das leicht deformierte Gesichtsübungsfeld eines mehrfach gesetzes- und nasenbrüchigen jungen Mannes mit einem tätowierten Schweinekotelett auf der Schulter, der fragte, ob man etwa was gegen die Wiedereingliederung ehemaliger Strafgefangener hätte. (Sagte man ja, war man ein blödes Schwein, bei nein ein guter Mensch mit einem Dutzend neuer Zeitschriften im Abonnement). Manchmal standen da auch zwei leicht debil lächelnde Wachturm-Halter in korrekter 70er-Jahre-Vertreterkleidung und fragten, ob man nicht vielleicht Lust hätte, zusammen mit ihnen und

Jehova in einem günstigen Mietsparadies die Ewigkeit zu verbringen und Löwen im Orangenhain zu kraulen. Ding-Dong! Aber so harmlose Leute klingeln heute nicht mehr. Statistisch gesehen erwartet einen in 80% der Fälle ein Kamerateam von RTL oder SAT 1 vor der Tür, das eine knuffige *Verzeih mir-* oder *Besorgs mir-*Botschaft überbringen will – und 9 von 10 der Leuten, bei denen sie bimmeln, waren gerade kacken.

Ding-Dong! Ding-Dong! Oh mein Gott – jetzt weiß ich, wer es ist: Ilona Christen! Haben Sie nicht auch die Werbung gesehen? Da flattert die knallkompetente Enthüllungsjournalistin derzeit wie ein auf Drogen gesetzter Zitronenfalter von Ort zu Ort und zwingt die Bevölkerung zu Aussagen darüber, wie sie mit Arschi-futur oder so ähnlich selbst die hartnäckigsten Flecken aus der Unterhose gekriegt haben. Ding-Dong! Nein, das ist mir zu riskant. Und selbst auf die Gefahr hin, daß es mal wieder doch nur Cindy Crawford ist, die mich fragt, ob ich ihr eine Tasse Zucker borgen oder etwas gegen ihre sexuelle Frustration tun könnte – ich mach nicht mehr auf!

WAS WÄRE, WENN ...

... Maren Gilzer häßlich wäre und kurze Beine hätte? Würde sie zum Buchstabenumdrehen auf einen Küchenhocker klettern und einen Sack über dem Kopf tragen müssen – oder wäre sie dann sowieso nur Fleischereifachverkäuferin geworden? Was wäre, wenn Dieter Thomas Heck damals nach seiner Ausbildung Gebrauchtwagenhändler geblieben wär? Wäre er heute Schmier-Dealer des Monats in Harrys-Autoschieber-Basar oder müßte er aus Geldmangel inzwischen statt klobigem Goldkettchen die dicken Armreifen aus dem Kaugummi-Automaten am Handgelenk schütteln? Vor allem: würden Sie ihm einen Opel Corsa abkaufen?
Und wäre Matthias Steinbrück – Gott hab ihn selig – in der Lindenstraße nicht von pfannenschwingenden jugendlichen Maniacs kaputtgekloppt worden – würde er in der nächsten Folge mit beherzter Betroffenheit Holzkreuze an Bayerns Schultüren nageln oder würde er betrübt mit einem Windbeutel im Hintern zu Hause eine weitere Kerbe in seine Abfuhr-Latte schnitzen? Ich weiß das alles nicht. Aber ich mache mir halt so meine Gedanken. Auch wenn sie vielleicht etwas zu philosophisch sind. Aber stellen Sie sich doch mal vor, Ilona Christen wäre ein Mann. Gut, da würde sich wahrscheinlich nur

die Kleidung ändern, das war ein schlechtes Beispiel. Aber stellen Sie sich vor, Max Schautzer hätte drei Köpfe. Müßte ich mich dann bei der Goldenen Eins deswegen immer *dreimal* übergeben oder wie sonst nur einmal? Und was, wenn David Letterman nie geboren worden wäre? Wer wäre dann Thomas Koschwitz? Fragen über Fragen. Wahrscheinlich habe ich nur was Falsches gegessen. Aber mal grundsätzlich: hätte man das Fernsehen nie erfunden – wo würde man dann Raumschiff Enterprise wiederholen?
Und was wäre, wenn ich diesen Text gar nicht erst geschrieben hätte? Sie hätten eine tolle freie Seite für eigene Notizen gehabt. Und einige Dutzend kulturbewußter Menschen müßten sich jetzt nicht hinsetzen und erboste, wenngleich notwendige Leserbriefe darüber schreiben, was für einen hanebüchenen Schwachsinn dieser dümmliche Kalkofe-Tölpel da wieder verzapft hat. Viel Mühe und Porto hätten gespart werden können. Es ist alles meine Schuld. Es tut mir leid.

K A L K O F E S

APOKALYPSE MOIK !

Die Welt ist in Gefahr. Eine Invasion steht unmittelbar bevor. Der Moik und seine untoten Volksmutanten sind aus dem Hades der Unterhaltung aufgestiegen, um die Menschheit zu verblöden. Ihre Waffe: debile Fröhlichkeit. Ihre Mission: Jodeling all over the world. Erste Etappenziele auf dem Weg zur Weltherrschaft: Der Mutantenstadl marschiert in Australien ein und die Lustigen Masturbanten in Michigan/USA. Weitere Einsatzbefehle sollen folgen, drohen ARD und ZDF.
Warum machen die das? Soll auf der anderen Hälfte der Erdkugel eine Armee schuhplattelnder Monster-Känguruhs gezüchtet werden? Planen Marianne und Michael den Bau einer Ranch für schunkelnde Krachleder-Cowboys? Oder tun sie es aus purer Gemeinheit, um das Bild des Deutschen im Ausland endgültig zur bratwurstfressenden Biersaufmaschine zu degradieren? Denn mal ganz ehrlich: was soll der unbedarfte Ausländer wohl denken, wenn ihm im Kultur-Austauschprogramm als germanisches Kleinod eine Batterie doppelt gelifteter Gute-Laune-Zombies aus der intellektuellen Sahel-Zone präsentiert wird? In zugekitschten Trachtenfummeln, die nicht mal die Milka-Kuh auf dem Tuntenball der Farbenblinden anziehen würde? Wer ein-

mal in Bush Gardens, Disneyland oder einem der anderen amerikanischen Heide Parks gewesen ist und sich dort im Euro-Park die deutsche Ecke angucken durfte, der weiß, daß der Plan aufgeht. Im Auge des durchschnittlich gebildeten US-Bürgers, der Holland für die Hauptstadt von London hält, ist Deutschland eine Mischung aus geschlossener Psychiatrie und dem Schlumpfdorf, wo alle Bewohner in einer Form nie enden wollenden epileptisch-masochistischen Ausdruckstanzes mit permanenter Alkoholvergiftung johlend und kreischend versuchen, die Evolutionsgeschichte ad absurdum zu führen. Hätten wir nicht die Autobahnen, wären wir bei denen völlig unten durch. Obwohl das Image des lustigen Doofmanns auch insofern von Vorteil sein kann, daß niemand mehr Interesse hat, uns zu erobern – wer will schon ein Land voller Pflegefälle einnehmen? Andererseits könnten demnächst ausländische Handelspartner anfangen, uns in Glasperlen zu bezahlen. Man sollte halt doch etwas genauer darüber nachdenken, wen man ausreisen läßt.

GESCHNITTEN ODER AM STÜCK?

Beim Metzger wird man wenigstens gefragt. Da kann man selbst entscheiden, ob man die tote Sau gern komplett oder in Scheibchen mit Pilzen und lustigen Clownsgesichtern haben möchte. Beim Fernsehen nicht. Da kriegt man fast alles nur noch in kleine Teile geschreddert vorgesetzt, voll fettig-sehniger Werbung, die man nicht mal ausspucken und an den Tellerrand legen kann.
Okay, manch einer sagt, diese Produkt-Informations-Unterbrechungen seien überaus praktisch für die Befrie-

digung des Harndrangs oder eine kurze Stuhlpflege, aber so oft, wie die heute in den durchschnittlichen Spielfilm gepumpt werden, gilt dies Argument nur noch für Konfirmanden mit Blasenentzündung oder Leute mit einem Mega-Dünnschiß.
Was allerdings noch viel schlimmer zu ertragen ist als alle 20 Minuten Steffi Grafs verschwundene Achselnässe im Kurzfilmformat, sind die dilettantischen Schnippelein dümmlicher Redakteure. Früher kürzte man nur aus Gründen der Moral oder des Jugendschutzes und sah verblüfft: na, es geht doch – die Handlung von Emmanuelle versteht man genausogut, wenn man die Nacktszenen rausnimmt! Heute allerdings bedarf der Schnitt keiner inhaltlichen Begründung mehr. Längst ist es üblich, den Abspann wegzuhacken und mit der Einfühlsamkeit eines Magengeschwürs ein Promo-Jingle in den letzten Satz zu hauen. Auch sind kleine Korrekturen von 2 bis 5 Minuten zugunsten der werbetreibenden Industrie inzwischen normal. Gut, da fällt beim Krimi vielleicht mal die Auflösung unter den Tisch, aber dafür erfährt man ja, warum sich Janine, 27, mit Binde beim Damen-Sitzfußball viel sicherer fühlt als beim Bungee-Jumping ohne Tampon. Auch interessant. Da der durchschnittliche Fernseh-Redakteur Nachdenken scheinbar sowieso als Behinderung empfindet, kann er sich halt auch nicht vorstellen, daß sich ein Regisseur bei seinem Werk vielleicht etwas gedacht hat. Und wenn man schon mal Macht und Schere innehat – wo ist der Sinn, wenn man nicht zeigen darf, wie toll man damit was kaputtmachen kann? Aber vielleicht handelt es sich bei alldem ja doch nicht nur um das Gestümper unsensibler Formatpriester mit dem Kunstverständnis eines kackenden Wildschweins, sondern um die Kompensierung eines alten Beschneidungstraumas: Lieber kastriere ich einen Film, als daß der Programmdirektor mir an die Eier packt! Das wäre noch zu verstehen.

BITTE HALTEN SIE DIE SCHNAUZE!

Am Anfang war das Wort – und eine halbe Stunde später gab es die erste Konferenz darüber. Das war vor Millionen von Jahren, noch lange vor Erfindung der Toleranz oder der Redezeitanteile. Damals gab es noch kein *›Du, laß doch den Heiner mal ausreden!‹* – stimmte man mit dem Gegrunze des Vorredners nicht überein, donnerte man ihm einfach eins mit der Keule über die Faselrübe. Und keiner sagte: *›Du, den Heiner tothauen, das finde ich jetzt nicht so gut!‹*

Heute ist das anders. Wir labern uns zu Tode. Die Sammler und Jäger wurden zu Stammlern und Schwätzern. Kein Tag ohne Sitzung, keine Firma ohne Besprechungstisch, kein Thema ohne Podiumsdiskussion. Man traut sich nicht mal mehr zu furzen, aus Angst, daß dann eine Expertenrunde zusammentritt.
Und im Fernsehen erwartet einen der Talk-Show-Terror. Früher gab es mal gerade Blacky Fuchsbergers mitternächtliche Plauderblasen, und meistens kam es vor lauter selbstverliebtem Pfeifengenuckel ohnehin zu keinem richtigen Gespräch – aber heute? Nichts ist uninteressant genug, als daß man ihm nicht eine Sendung widmen könnte. Heute bei Ariela Christen: ›Böse Schwiegermütter – wenn einem beim Kaffee das Tortenstück umkippt!‹ Eine Stunde früher, bei Bärbel Schläfer: ›Ich hab nur eine Unterhose – und keine Waschmaschine‹ – das ist ein bißchen jünger und frivoler. Wer es ganz peinlich braucht und einen Hörschaden oder Gleichgewichtsprobleme hat, der guckt allerdings Arabella! Der ultimative Tummelplatz der Arschgeigen, hier darf nur mitmachen, wer zum Hoseöffnen Hilfe benötigt und Hirn für einen

Geschmacksverstärker im Hundefutter hält. Die Themen rangieren irgendwo zwischen ›Ja wirklich, ich hab schon mal!‹, ›Ja richtig, ich könnt schon wieder!‹ und ›Ja, ein Freund von mir hat auch schon mal, aber ganz anders!‹ Hauptsache es hat mit Sex zu tun. Allergings finden manche Leute sowas auch ferkelig, für die gibt es den Betroffenheits-Brummer Fliege, die fleischgewordene Beileidskarte. Dort kommen *die* Randgruppen zu Wort, die so langweilig sind, daß man sie im Privatleben nur noch unter Androhung von Prügel den Mund aufmachen läßt.
All die Leute, deren unverwertbarem Meinungsmüll man dadurch zu entgehen versuchte, daß man nicht mehr Straßenbahn fuhr oder nur noch mit Ohropax zum Friseur ging, sieht man dafür heute im Fernsehen. Wann kommt endlich die Show, in der ein paar Leute eine Stunde gemütlich dasitzen und einfach die Fresse halten? Ich warte!

WO IST ARPAD, DER ZIGEUNER?

Das frage ich mich schon lange. Einst jagte dieser schmucke Halodri im roten Pluderfummel verwegen lachend durch die Pußta und narrte mit seinen Mannen den einen um den anderen Husaren im Nachmittagsprogramm des ZDF. Doch seit ungefähr 20 Jahren ist es zappenduster um ihn. Was macht er heute? Letztens glaubte ich ihn in der Fußgängerzone vor Horten alte Peter Maffay-Schlager fiedeln zu sehen, dann dachte ich zeitweise, er sei der Vater der Kelly Family. Diese Ungewißheit macht mich ganz hibbelig. Alles wird wiederholt, nur nicht *Arpad, der Zigeuner*! Warum? Etwa immer noch Vorurteile gegen das fahrende Volk oder übertriebene Rücksichtnahme? Wir können doch den Titel übermalen und ihn *Arpad, den cleveren Sinti* nennen!
Oder erinnern Sie sich auch noch an *Time Tunnel*? Zwei trottelige Wissenschaftler im Rollkragenpulli wirbeln durch die Jahrhunderte und vergurken alle wichtigen Augenblicke der Weltgeschichte. Ist auch seit den Siebzigern nicht mehr gelaufen. So viele Helden und Begleiter meiner Kindheit, die ich nie wiedersah und deren Schicksal mich ins Grübeln bringt. Wo ist der *Spatz vom Walraffplatz*? Überfahren von einem praline-lesenden holländischen LKW-Fahrer mit der Hand in der Hose?

Vergiftet von einem mißgünstigen WDR-Redakteur? Und wie geht es *Plumpaquatsch*? Das war so ein breitmauliges grünes Labervieh mit Zottelhaaren aus der Remittendenkiste der ARD-Puppenmacher, irgendwo zwischen Kermit und Heike Makatsch, das gleichsam seinen menschlichen Co-Moderator wie auch die Zuschauer nervte. *Hase Cäsar* war auch so ein Fürst. Der wurde irgendwann in Rotwein serviert, glaube ich – oder wohnt in einem Rammler-Seniorenheim in der Hasenheide und erzählt den 124 Enkeln von seiner Zeit als Fernsehstar. Fragen, die mich beschäftigen. Was macht die *Invasion von der Wega*? Ist sie noch im Gange oder gab es eine außerirdische Rückrufaktion? Wie ist das Leben dieser Tage im *Big Valley*? Immer noch morgens Indianer erschießen und nach dem Essen ein paar Pferde zureiten oder steht da schon ein Einkaufszentrum?
Jeder Mist wird wiederholt – warum nicht dieser? Bitte Arpad – komm zurück! Und jag die dicken Drombuschs in die Pampa!

UND WAS MACHT DER TCHIBO-MANN?

Wenn man einmal damit anfängt, kann man nicht mehr aufhören. Seit ich das letzte Mal darüber sinnierte, was wohl aus Arpad und anderen Granaten meiner Kindheit geworden ist, läßt mich diese Frage nicht mehr los. Wie geht es zum Beispiel dem mysteriösen Tchibo-Mann? Jahrelang tatterte sich ein schwarz gekleideter Greis, Typ *›Der freundliche Kolonialherr von nebenan‹*, durch die Kaffeeplantagen Südamerikas, steckte unaufgefordert seine ungewaschenen Hände in Säcke mit frisch geernteten Kaffeebohnen und rieb sich diese unter die triefende Rübennase. Niemand wußte, wer er war oder woher er kam, die Indios zollten ihm jedoch uneingeschränkten Respekt. Vielleicht, weil der freundliche Hut-Opa ihnen in seiner Freizeit beim Bau von Volkshochschulen und Espressomaschinen half, vielleicht, weil er nachts besoffen mit seinem Jeep in ihre Dörfer bretterte, die Kaffeepflücker auspeitschte und deren Töchter und Lamas vergewaltigte. Alles ist möglich. Kann sein, daß er heute friedlich in einem Seniorenheim für ausgemusterte Werbefressen sein Spargelcremesüppchen löffelt, aber auch, daß er von aufständischen Rebellen samt Schnurrbart und Zahnersatz in den Kaffee gebröselt wurde und als *Tchibo Dicke Bohne* im Sonderangebot landete.
Oder erinnern Sie sich noch an diese Szene? Eine junge Frau kommt in ein Restaurant, setzt sich an den Tisch der feisten Miß Tilly und startet ein unverfängliches Gespräch über Kartoffelsalat, woraufhin jene ihr plötzlich lachend offenbart: *Kartoffelsalat? Sie baden gerade Ihre Hände darin!* (Wahlweise gab es diesen Werbespot übrigens auch

mit Hühnerbrühe, Batteriesäure oder einem Geschirrspülmittel namens Palmolive, welches auf wundersame Weise gleichsam verdreckte Teller reinigen und kratzigen Spülhänden zu alter Geschmeidigkeit verhelfen sollte.)
Was nun wirklich aus Miß Tilly wurde, ist nicht bekannt. Allerdings vermute ich folgendes: Mit 27 mußte sie feststellen, daß sie zwar Hände wie Samt besaß, ihr Gesicht aber verschrumpelt war wie ein faltiger Senioren-Sack. Daraufhin beschloß sie, den Kopf in eine Schüssel ihres Spülmittels zu tunken – und wahrscheinlich wäre sie bei diesem Versuch ertrunken, wenn das ätzende Zeug nicht ihren Schädel binnen weniger Sekunden komplett aufgelöst hätte.
Wie gesagt – alles nur Hypothesen. Aber ich werde weiterforschen. Versprochen!

MEIN KLEINER TRAUM VOM GROSSEN GLÜCK

Jeder Mensch hat einen Wunschtraum. Egal ob es das eigene Reihenhaus mit Reihenfamilie, der eigene Firmenscheißhaus-Schlüssel oder das eigene Gehirn ist. Und auch ich habe so einen Traum:

Ich mache mit als Kandidat beim Glücksrad, löse den Satz ›Peter Bond hat einen kleinen Pimmel‹ und gewinne dadurch den Sonderpreis von 500 Millionen D-Mark. Mit diesem Geld kaufe ich mir Maren Gilzer, die auf ewig in meiner Wohnung stehen, schweigen und lächelnd auf meine Einrichtung zeigen muß. Mit der restlichen Kohle eröffne ich den ersten deutschen Volksmusik-Sender, der entweder HEIMATplus, TÜMEL-TV oder STADL-SAT heißen soll. Achim Mentzel wird Programmdirektor und Moderationstrainer, Peter Graf Geschäftsführer und Carolin Reiber Klofrau. Das komplette Programm wird ausschließlich von den Mega-Granaten der Trachtenzunft bestritten. Immer zur vollen Stunde gibt es den *Nachrichtenstadl* mit Peter Steiner und ohne Zähne. Marianne und Michael präsentieren *›Rummserl-Bummserl‹*, ihre ganz persönliche *›Explosiv‹* - Variante. Ab 23 Uhr gibt es eine Late-Night, um Harald Schmidt die Quoten zu mopsen: entweder *›Die-Karl-Moik-ja-kruzifix-ist-das-schon-spät-Show‹* oder *›Die Wildecker Herzstunde‹* (selbstverständlich in Breitwandformat). Samstagabends läuft *›Na leck'st mi'!‹* mit dem Hias – so eine Art *Wetten daß* für Heiminsassen mit lustigen Rekordversuchen (z.B.: Ich kann 2.000mal mit dem Kopf auf den Tisch hauen und ohne Hose im Stadtpark Polka tanzen), und Heino moderiert ein Jugendmagazin. Für die restlichen Positionen werden nur die allerschlimmsten Vollidioten eingesetzt, die in den einschlägigen Dumpfnasen-Shows zu finden sind. Unfähigkeit ist die beste Garantie für einen sicheren Job, Schnauz, Mini-Pli und debiles Dauergrinsen für Männer die Einstellungsvoraussetzung. Wer aussieht, als könne er die Schuhe selber zubinden oder bis über 100 zählen, kann gleich zu Hause bleiben. Talent oder Auftritte unter einem gewissen Peinlichkeits-Level führen zur fristlosen Kündigung!
Und was mache ich die ganze Zeit? Gute Frage! Ich sitze in meinem riesigen, komfortablen Büro, trinke Grappa, zähle Geld und Quotenrekorde und lache wie ein Wahnsinniger. Und liebe das Leben.

SCHALT DOCH MAL AB!

»Die neue Gebührenordnung der Telekom ist gar nicht so schlecht, wie Sie denken – sie ist noch schlechter!« Mit Sätzen wie diesem oder *»Wir haben nicht die Gebühren erhöht, nur die Sprechzeiten pro Einheit verkürzt. Sie müssen nicht mehr bezahlen – reden Sie doch einfach weniger!«* versuchten die gewitzten Marketing-Amöben der Kohlekom uns dumme Verbraucher zu beruhigen, während sie kichernd im neuen Zwei-Sekunden-Takt die 30 Silberlinge pro Einheit in die prallen Taschen klackern ließen.
Okay, zugegeben – Kunden bescheißen, die sich nicht wehren können, ist schon ulkig. Und einer simplen Tätigkeit wie dem Telefonieren durch ein paar irrwitzige Gebühren-Umstrukturierungen einen Hauch von Dekadenz und Luxus zu verleihen, ist auch eine schöne Idee. *»Bist Du eigentlich auch im Golf-Club, Sven-Heiner? – Nein, ich telefoniere regelmäßig. – Oh, der feine Herr mußt es aber dicke haben!«* – ein Dialog, den man in Zukunft wahrscheinlich öfter hören wird.
Frage ich mich nur: warum hören die cleveren Einheiten-Einheimser gerade da auf, wo der Größenwahn anfängt, Spaß zu machen? Nur weil irgendein humorloser Richter mit Moralinvergiftung ihnen verboten hat, für geplantes

Leute-verarschen auch noch Werbung zu machen? Kein Grund, den Schwanz einzukneifen, egal wie klein! Jetzt erst recht! Wenn man schon ›Tele‹ im Namen hat, warum nicht auch gleich die unprofessionellen Handtaschendiebe der GEZ entmachten und eine neue Fernsehgebühr erheben? Ungefähr so: für Filme, die in der näheren Umgebung des eigenen Wohnorts spielen, gilt der City-Tarif von einer Einheit für 12,7 Sekunden, der aber schon alle 8,3 Sek. abgebucht wird. Abschalten kostet 50 Einheiten und amerikanische Spielfilme können nur noch über die Auslandsvermittlung angeschaut werden. Einmal alle 10 Jahre gibt es den verbilligten ›Privatzuschauer-Tag‹, an dem aber nur Werbung und Bildstörungen gezeigt werden. Fernsehen nach Sendeschluß zum sogenannten ›Mondkalb-Tarif‹ wird günstiger, ebenso Zuschauen nur mit Ton ohne Bild (›Stevie-Wonder-Tarif‹). Regelmäßig alle 6 Monate entschuldigt man sich für den ganzen Murks mit ganzseitigen Anzeigen und Werbe-Zeppelinen mit ›Oops – sorry!‹-Aufdruck. Das ist zwar schweineteuer, kann aber locker durch eine neue Gebührenerhöhung refinanziert werden!

DAS ABC DER FASSENACHT

Zote, die: (*siehe auch ›Versauter Witz‹*) Schmieriger Scherz aus dem Uro-Genitalbereich, bevorzugt vorgetragen von besoffenen Messegästen oder verklemmten Spießbürgern, die sich nicht trauen, laut das Wort ›Ficken‹ auszusprechen und deshalb ihre Umwelt mit schlüpfrigen Zweideutigkeiten belästigen.
Tusch, der: akustische Aufforderung zu künstlichem Gelächter und Zwangsapplaus. Markiert die Stelle im Text, wo eine Pointe hätte sein können.
Schunkeln: Tätigkeit. Arhytmisches Hin-und-Hergerukkel nebeneinandersitzender Gummizellenbewohner (*siehe auch ›Rinderwahnsinn‹*). Erinnert an ein Altenheim zur Mittagszeit, in dem 80% der Patienten die Katheter geplatzt sind.
Rio de Janeiro: Zauberhafter Ort aus der Sagenwelt, an dem nach der Vorstellung lüsterner Abteilungsleiter das ganze Jahr über nackte Exotinnen durch die Fußgängerzone tanzen, die vom Sex mit dicken Touristen träumen.
Konfetti, das: Bunte Jeckengehirn-Nachbildung in Originalgröße. (*Querverweis ›Gehirn‹: rudimentär entwickeltes Restorgan im Schädel, ungefähr 15 cm über der Bier-Einfüllöffnung. Funktion unbekannt.*)

Gottlieb Wendehals, das: Tragische Figur aus der griechischen Mythologie in karierter Jacke mit Bratenfett im Haar, der für die Erfindung der Polonäse Blankenese von den Göttern dazu verflucht wurde, bis an das Ende aller Tage auf dem Boden herumzurutschen und doofe Lieder zu johlen, die niemand hören möchte. Eng befreundet mit einem Gummihuhn.
Funkenmariechen: Als Tanzdarbietung getarnte Aufgeilmöglichkeit für sabbernde Päderasten. Blutjunge Mädchen präsentieren Bein und Schlüpfer zu flotter Marschmusik. In kinderarmen Regionen häufig ersetzt durch überbreite Hausfrauen mit Plockwurststelzen in Satin-Pelle.
Faschingsprinz: Seit 12 Jahren nicht mehr beförderter Schalterbeamter einer dörflichen Sparkassen-Filiale mit Akne und debilem Grinsen (*siehe auch ›Versager‹*). In der närrischen Zeit mit Glitzerkrone auf der Loser-Rübe und zepterförmigem Tisch-Vibrator in der Flosse tätig als Sauf-Animateur auf Bunken-Treffen.
Aschermittwoch: Tag der Erlösung.
Arsch: Zu leckender Körperteil im Falle der Anfrage, ob ich an einer Prunksitzung teilnehmen möchte.

DAS WORT ZUM WORT ZUM SONNTAG

Liebe Leser. Als ich heute morgen aufstand und in mein Badezimmer fuhr, da fragte ich mich: »Wo um alles in der Welt bin ich nur – und wer waren diese drei schlafenden Blondinen?« Da plötzlich sah ich vor mir ein kleines unschuldiges Häschen über die Straße hoppeln und mußte lächeln, denn als ich es überfuhr, dachte ich bei mir: »Hasen sind irgendwie wie Menschen – wenn man über sie drüberfährt, gehen sie tot.«

Sie haben es natürlich erkannt: dies kleine Gleichnis war mein bescheidener Versuch einer Hommage an *Das Wort zum Sonntag*! Fernsehen, wie man es sich wünscht: Unterhaltung mit Verstand, Belehrung mit Esprit, Verstaubtheit mit Schmackes. Als Kind ließ ich mich noch ein wenig vom Titel in die Irre führen und wartete jedesmal gespannt darauf, was denn wohl diesmal das Wort zum Wochenabschluß sein würde: *Barmherzigkeit? Brustwarze? Religionsverdrossenheit?* oder gar *Reiserücktrittsversicherung?* Nein, schnell sah ich ein: Das Wort zum Sonntag ist mehr als nur ein Wort. Geschichten, die zwar kaum zum Zuhören, dafür aber zum Nachdenken anregen, vorgetragen von charismatischen Kirchen-Kleindarstellern, ästhetisch in die Filmsprache transponiert mit oftmals bis zu einer Kameraeinstellung, aber vor allem: kein Fernsehballett! Und seien wir mal ehrlich: wie oft hätten wir uns wohl in den letzten 40 Jahren beim Spätfilm der ARD in die Hosen gemacht, hätte uns die klerikale Stand-Up-Comedy

nicht vorher die Gelegenheit zum entspannten Strullen oder gar zur schnellen Stuhlpflege gegeben.
Doch frag ich mich: wo bleibt die Wort zum Sonntag-Late Night Show? Inquisition, Kreuzzüge, Hexenverbrennung – das zeigt, daß die Kirche ja schon Ahnung hat vom Entertainment. Warum läßt sie sich gerade im Fernsehen so einfach abspeisen? Okay, sie haben uns Fliege in den Nachmittag geschmuggelt, das war unfair aber pfiffig, jedoch weit unter ihren Möglichkeiten. Wenn es schon *Hamster-TV* gibt, warum nicht auch *Zölibat oder Liebe*?, die versteckte Kamera im Beichtstuhl, *Minestranten-Stadl* oder *Abendmahlissimo*? Denn eins sollte man bei all der schönen Langeweile und behaglichen Betulichkeit nie vergessen: der liebe Gott sieht alles – wir aber können abschalten!

SACKRATTEN TV

Haben Sie schon mal Hamster-TV gesehen? Ultraschweinelustiger Untertitel: *Die oberaffengeile Tiershow mit Thomas Koschwitz*, der dabei ungefähr so verkrampft dasteht wie Schweinchen Dick im Konfirmationsanzug und uns spielerisch demonstriert, wie grottenlangweilig doch die Tierwelt sein kann.
Gut, spätestens seit dem *Börsenmagazin* und *Mona Lisa* wissen wir, daß heute wirklich jede noch so unbedeutende Randgruppe ein Recht auf eine eigene Fernsehsendung hat. Aber mal ehrlich: *Hamster TV*? Ich glaube, da bohnert mein selbiger! Warum nicht gleich *›Toastbrot-TV‹* oder *›Die rattenscharfe Turbo-Show für linkshändige Sozialpädagogen mit heftiger Gesichtsakne‹*? Und zudem kommt außer Koschwitz gar kein Hamster darin vor!
Ich war jedenfalls enttäuscht. Welch lustige Spiele hätte man sich für diese verkorkste Viecherparade ausdenken können – Mäuse melken, Schweine kastrieren, Dackel aussetzen … doch was zeigt man uns? Knuffiges Schildkröten-Rennen, wo umgedrehte Aschenbecher mit Stummelbeinen ängstlich die Tischkante entlangrennen, damit sie keiner in die Suppe bröselt! Oder Terrier-Tennis mit doofen Kötern, die mit der Schnauze Bälle von Frauchen auffangen müssen. Klasse, sowas Spannendes sieht man

sonst nur bei Omas Geburtstag, wenn sie nach der zwölften Tasse Eierlikör Waldi den Katheterbeutel apportieren läßt!
Da kann man nur gratulieren: mit etwas Glück hat SAT 1 (*Volle Stunde – leere Köppe*) es endlich geschafft, die wahrscheinlich überflüssigste Show dieser Erde zu fabrizieren. Wahrscheinlich ist irgendwem da einmal zu oft der bunte Hüpfball an die Omme gedonnert … aber andererseits setzt ja RTL mit dem Hirn voll Chappi zur gleichen Zeit auch voll auf die quotenstarken Zeckenteppich-Inhaber mit *Rudis Hundeshow*, von Horse-Face Carrell so gelangweilt moderiert, daß man ihn dafür zur Strafe nur in Käse-Scheibletten auszahlen sollte. Und als Krönung danach auch noch *Natürlich!*, so eine Art *Explosiv* für Vierbeiner mit Desiree (who the fuck was Desiree?) Nosbusch als dröge Infotainment-Eule. Nein wirklich – bevor ich mir diese Grütze noch mal antue, filme ich doch lieber meinen Nachbarn beim Fische-ausnehmen oder seh mir im Kinderprogramm an, wie Lassie mit dem Schniedel in der Bärenfalle hängenbleibt. Das ist wenigstens lustig.

ICH VERSTEHE KEINEN SPASS!

»Palim-palim, ich hätte gern eine Flasche Pommes Frites, höhö ...« – wer erinnert sich nicht gern mit leichter Gänsehaut an den *›gespielten Witz‹* mit Dieter Hallervorden, diesen Klassiker der Fernsehunterhaltung aus der präpubertären Holzhammer-Ära des 70er Jahre-TVs. Einer Zeit, als man sich noch darüber kringelig lachte, wenn Ilja Richter schlecht gereimte Pointen-Killer in die Kamera näselte, oder wenn Ingrid Steeger bei Klimbim im Schnellvorlauf die Möpse aus der Bluse hüpften. Was für ein Spaß ... nun, diese Zeit schien mir zu Recht begraben und vergessen – doch plötzlich holt die ARD den Spaten aus dem Schuppen und buddelt den alten Didi wieder aus! Und als wäre er der Ötzi der Flimmerkiste, pfeffern sie den tiefgekühlten Urzeit-Witzbold ruckzuck in die Mikrowelle und servieren ihn lauwarm in einer bereits mehrfach zu Tode gekochten Fertig-Show. *The Return of Verstehen Sie Spaß* oder auch *Jurassic Joke* – die ARD als Heiße Hexe des Humors. Da schläft man in der ersten Reihe (sowie in allen dahinter). Doch das Schlimmste: wer überhaupt 10 Minuten mittelmäßiger Überraschungs-Filmchen mit der verfickten Kamera sehen will, muß dafür zur Strafe mindestens anderthalb Stunden der schlechtesten Sketche des ausgehenden Jahrhunderts von

und mit Dieter Halbverstorben ertragen. Nein danke, dann doch lieber wieder den grinsenden Kurt Felix mit der Hand am Hintern von Paola – die wußten wenigstens, daß sie langweilig waren.
Also, liebe ARD: was ist los mit Euch? Habt Ihr einfach keinen Bock mehr? Ihr seid ja schon über 40, da beginnt die Midlife-Krisis – wollt Ihr die Brocken hinschmeißen und 'nen Öko-Sender im Kabelnetz eröffnen? Seid doch endlich mal ehrlich und gebt zu, daß die Rundfunkgebühren ohnehin nichts anderes sind als eine Art Zuschauer-Solidaritätszuschlag zur Finanzierung der Therapiemaßnahmen für geisteskranke Fernsehredakteure. Aber fragt uns nie wieder mit so einem Samstagabend-Sendeloch, ob wir Spaß verstehen – das ist Volksverarschung. Kauft Euch von mir aus noch eine Flasche Pommes Frites oder eine Dose Kleinhirn, aber vergeßt niemals: Lügen haben kurze Beine ... und so wie Ihr das Publikum bescheißt, müßte Euch schon der Sack am Boden scheuern!

VORSICHT SENDERWAHN!!!

Es ist doch erschütternd! Heute kann man nicht mal mehr in Ruhe ein gutes Stück Fernsehen genießen, ohne Angst haben zu müssen, sich mit irgendwas zu infizieren. Seit vor allem die Privaten vor ein paar Jahren anfingen mit

B.S.E. (Billigen Scheiß Einkaufen), besteht ja quasi überall Verblödungsgefahr. Und wie die ersten tragischen Fälle von klinischer Vokalarmut oder Menschen, die in der Fußgängerzone um Konsonanten und einen Extra Dreh betteln, ja deutlich beweisen, ist Senderwahn sehr wohl auf Zuschauer übertragbar.
Dabei beschränkt sich die Gefahr ja schon längst nicht mehr nur auf einzelne Sender – keiner kann letztendlich mehr herausfinden, aus welcher Station welche Show in Wirklichkeit an den Rezipienten vor der Mattscheibe geliefert wurde. Nimmt man z.B. eine Serie wie *›Klinik unter Palmen‹* oder *›Durchfall unter Ulmen‹* oder wie dieser Murks noch mal hieß. Klaus-Bärbel Wussow als schwarzwaldgeschädigtes Halbhirn in Weiß, der doofen Eingeborenen zeigt, daß eine halbe Aspirin im Whisky immer noch besser wirkt als zwölf Voodoo-Nadeln im Hintern. Lief in der ARD, hatte gewissermaßen den kulturellen Unbedenklichkeitsstempel – aber wer sich diese verschnarchte Schmalz-Schmonzette wirklich bis zum Ende reinzog, merkte sehr bald, daß sich ihm das Denkorgan im Schädelinneren vor Schmerz zur Größe einer Trockenpflaume zusammenschrumpelte. Wissenschaftler fanden nun heraus, daß es sich bei diesem bebilderten Sendeloch eigentlich um den Inhalt eines alten Groschenromans handelte aus der Serie *Dr. Grabbel – der Hodenarzt von Hoyerswerda.* Ein zugekokster RTL-Redakteur hatte es für teures Geld von seinem zurückgebliebenen Schwager gekauft und aus Frust gefressen, als sich herausstellte, daß dieser Palmenquark selbst für Wörthersee-infizierte RTL-Voyeure nicht zu ertragen wäre. Als der Flop aufflog, landete er in der Thoma'schen Knochenmühle und später mit ein paar Sägespänen in einem lauwarmen Nowottny-Burger in der WDR-Kantine, wo er nun über die Nahrungskette in das öffentlich-rechtliche Verdauungssystem aufgenommen und auf den Bildschirm ausgeschieden wurde. Und der unschuldige Zuschauer guckt es und wird blöd. So ungerecht kann die Natur sein!

JETZT SCHON AN WEIHNACHTEN DENKEN!*

* Bitte unbedingt im Hochsommer lesen!

Nennen Sie mich einen verstaubten Bürokraten, einen voreiligen Naseweis oder auch einfach einen drömmeligen Furzknoten, aber ich habe meinen Weihnachtsbaum schon jetzt aufgestellt, geschmückt, umtanzt, zersägt und bereits wieder an den Straßenrand gestellt. Alles in nur zwei Tagen. Okay, Weihnachten, jetzt kannst Du von mir aus ruhig vor der Tür stehen – ich hab's Dir schon besorgt! Während sich im Dezember die anderen Herden-Hirnis in den Kaufhausschlangen die Arschbacken wundstehen, sitze ich gemütlich daheim, bemale schmunzelnd das ein ums andere Osterei und murmle bewundernd zu mir selbst: *»Junge, was bist du doch verdammt crazy drauf!«*
Sie glauben, jetzt bin ich endgültig verrückt geworden? Okay, Freund Neunmalklug, dann sprechen Sie doch mal mit der ARD! Dort arbeiten – angeblich – kluge Leute, nach eigenen Angaben tun die sogar noch viel klüger sein als die bei RTL und den doofen Privaten, und die haben vor knapp einem Monat auch einfach schon mal die Weihnachtsfolge der finalen Rettungswitz-Serie *Familie Heinz Becker* gesendet. Na also – was die schlauen Schrumpfköpfe aus der ersten Reihe der Versagerkolonie können, kann ich schon lange. Dabei ist das ja auch gar nicht mal so blöd von denen, wie es auf die ersten Blicke aussieht. Jetzt gibt es Sendeplätze, das Thema ist noch unverbraucht und die ARD kann endlich mal wieder sagen, sie hätte ein interessantes Sujet noch viel dolle früher als

alle anderen behandelt! Von wegen verschnarchter Beamtensender! Haha – den Spöttern ins Gesicht gelacht und gleich hintendrein noch im Juli die Silvestergala ausgestrahlt. Und wenn die zweiten bis achtundzwanzigsten Programme dann lahmarschig am 31.12. angekleckert kommen und die gammeligen Hecks und Steiners für ihr Feuerwerk der Rohrkrepierer aus der Urne kratzen, schlägt sich die Intendanz schelmisch auf die Schenkel, zündet sich eine Zigarre an und lächelt überlegen: *»Das Thema ist doch durch, das hatten wir schon vor einem halben Jahr!«* Sie sehen es selbst: die ARD ist ihrer Zeit halt immer etwas voraus … jetzt hat sie sogar schon den Verstand verloren bevor andere ihn überhaupt gefunden haben!

DIE WERBUNG LÜGT!!!

Das ist nichts Neues, das weiß jeder. Geisteskranke Frauen, die wirklich glauben, das mit ihrem Nachbarn würde nur wegen der speckigen Weingläser nicht klappen, kann ich nur auslachen. Und Männer, die sich früh am Morgen von ihrer bekloppten Freundin aus dem Schlaf jagen lassen, um sich anzuhören, daß die Lätta alle ist, kann ich nur bedauern. Soll die blöde Kuh doch neue kaufen und sich in die Haare schmieren, aber mich nicht wecken! Ich ruf ja auch nicht nachts bei Papst an und erzähl ihm, daß ich kein Klopapier mehr habe!

Als Kind ließ ich mich von den Produktinformationen allerdings noch ganz schön verscheißern, das muß ich zugeben. Ich glaubte wirklich, meine Zahnpasta würde von umgeschulten Bibern hergestellt. Was aber richtig gemein war: in der prä-nutelleralen Ära gab es kotfarbene Nuß-Kobalt-Cremes namens *XOX* und *Käpt'n Nuß*, die behaupteten, der Verzehrer der braunen Zuckerschmiere würde durch sie schier unmenschliche Superkräfte erhalten. Ich fraß das Zeug kübelweise, wurde aber nur immer kleiner und fetter. Und der blöde Käpt'n Nuß konnte sich durch meine Kohle bald den Arsch vergolden lassen, der doofe Sack.

Heute lasse ich mir so leicht nichts mehr erzählen. Ich

weiß, daß man mit einer Dose Heringsfilet keine schöne Frau in die Wohnung lockt (– ich habe alle Sorten durchprobiert!), und daß Götz George sich nie im Leben für eine billige Flasche Schaumwein vom Geländer schwingen würde.
Gut, Werbung ist also unehrlich – akzeptiert. Das nehme ich ihr nicht mehr übel. Aggressiv werden kann ich allerdings, wenn sie uns für absolute Volltrottel hält. Wen ich z. B. richtig hasse, sind diese neunmalklugen Arschgeigen, die andauernd Kaugummi fressen und dann *›eine pfiffige Idee haben‹*. Zu blöd zum Geradeaus-pissen, aber kaum haben sie so einen Freshmaker im Hals, wird ihr IQ zweistellig. Ein pickeliger Furzknoten, der eine Pocket-Kamera um seinen Hühnerhals hängt und sich so auf eine Pressekonferenz schmuggelt, ein kleines Sackgesicht, das im Stau einfach crazy durch ein Auto durchlatscht – mein Gott, warum haut denen nicht endlich mal einer in ihre grinsende Fresse? Auf die Idee müßte man doch eigentlich auch ohne Kaugummi kommen!

MORGEN WERD' ICH POP-STAR!

Das habe ich mir fest vorgenommen. Pop-Stars haben es gut, die haben ein tolles Leben. Sie sind reich, berühmt, verrückt und werden mit Teddybären beworfen (quasi die Visitenkarte des weiblichen Groupies unter 14). Manchmal benennt man sogar VWs nach ihnen – nach mir bisher noch nicht mal einen Fiat Panda oder ein Mofa. Das ist doch ungerecht! Was tun diese Typen schon dafür? Gar nichts! Dieser weiße Neger zum Beispiel – packt sich an die Klöten, fiepst wie ein Hamster, der sich den Schwanz im Laufrad eingeklemmt hat, und läßt sich jeden zweiten Montag liften. Na toll! Ab und zu flüstert er noch durch die Gasmaske, daß er alle liebt, aber wegen der Bakterien lieber nicht anfassen möchte, und daß er das ganze Elend auf der Erde irgendwie gar nicht so superklasse findet, was ihn und seinen Affen bisweilen sehr betroffen macht. Von Zeit zu Zeit unterhält er sich auch mit Staatsanwälten, wobei es sich thematisch meistens um seinen Schniedel dreht – entweder hat irgendein Kind zuviel oder seine Ex-Beinahe-Frau zuwenig davon gesehen. Mal ganz ehrlich – das kriege ich auch noch hin!

Oder nehmen wir nur mal diese ganzen widerlichen Boy-Groups: jeweils vier bis sechs junge Ärsche, die geschult wurden, selbige immer gleichzeitig von links nach rechts zu schieben und sich nie das Hemd zuzuknöpfen. Einzige Bewerbungskriterien: sie müssen blöd genug sein, absolut jeden Scheiß mit sich machen zu lassen, und zusammen auf ein Bravo-Poster passen. Ob die sich dann *Leck That, Kack in the Eck* oder *Brains Apart* nennen, ist vollkommen egal. Hauptsache, sie fallen beim Tanzen nicht allzu oft hin.

Vielleicht gehe ich aber doch lieber in die Techno-Szene. Da muß ich nur laut eine Handvoll englischer Wörter aus dem Langenscheidt auf ein Humpta-Humpta-Bett brüllen und fertig. Okay, für eventuelle Interviews und Live-Auftritte müßte ich mir noch ein paar Teile des Gehirns veröden und etwas Hoden- und Zungenpiercing machen lassen. Dann hüpfe ich nur noch auf der Stelle und fuchtele mit den Armen, während vollbusige Exotinnen in peripher angedachten Ideen von Kleidung um mich herumtanzen und mich um etwas Hilfe bei ihrer sexuellen Befriedigung anbetteln. Gut, man ist ja auch kein Unmensch … Danach muß ich nur noch die Millionen kassieren und einmal im Monat ein Hotelzimmer demolieren. Ach, wird das herrlich!

K A L K O F E S

DER SENDER ZUR CD

Die Öffentlich-Rechtlichen haben es schon schwer. Während die bösen Privaten ihre Filme auch noch abends nach jedem dritten Satz für finanzträchtige Blasentee-Werbung unterbrechen dürfen, können sie lediglich die GEZ-Gebühren erhöhen und über den fortschreitenden Verfall der Medienkultur jammern. Aber ganz blöd sind die Abzocker aus der ersten Reihe ja auch nicht. Das Zauberwort für Kohle aus der Gesäßtasche der Werbewirtschaft heißt *›Sponsoring‹*. Das bedeutet einfach, man läßt die *Tagesschau* von *Salmonella*, dem Vanille-Eis mit herzhafter Fischglasur präsentieren, oder *aspekte* von *Drink & Go*, dem ersten Kaffee, mit dem man sich auch die Haare waschen kann.
Dazu kommt das überall beliebte *›Merchandising‹*. Zu jeder noch so stinklangweiligen Vorabendserie, sei es über triebgestörte BWL-Studenten auf dem Ponyhof oder debile Schweinehirten im Alten Land, gibt es das Buch zur Serie, bzw. zum Wegwerfen. Dazu die Tasse und die Kappe und das Zäpfchen.
Aber noch viel besser ist ja die sogenannte *›CD zur Sendung‹* – und in dieser Marktnische scheint sich das ZDF neuerdings zu einer Art MTV für Frührentner zu mausern! In der Zeitung steht z. B: *Das Beste von Judith und Mel!*

Aha, welch lustiger Antagonismus, denkt man sich, etwa wie ›Das Schönste aus offenen Geschwüren‹ – und man erwartet eine Stunde gewohnt gruseliger Gesangs-Attentate der Gandersheimer Gesichtsbaracken. Doch plötzlich merkt man, daß in Wirklichkeit nur ein Tonträger, der schon durch seine schiere Präsenz dem Kunden in der Hifi-Abteilung das Blut im Hirn gefrieren läßt, vom ZDF ein 60-Minuten-Promotion-Video geschenkt bekommen hat. Nette Geste. Oder noch besser: die Flippers! Zwei grinsende Schlagermumien im Glitzerfummel, die für mich immer aussehen wie ein farbenblindes Friseurpärchen aus Bottrop, die den Altkleidersack von Siegfrid und Roy gemopst haben, begleitet von Schweinchen Dick mit Dauerwelle an der Kindertrommel. Und kaum haben die ihre CD *›Liebe ist …* (…eine Flipperflosse auf der Pizza Tonno) auf den Markt geschmissen, finanziert das ZDF dem Thunfisch-Trio auch noch ihren Sommerurlaub und läßt die drei Kitsch-Kasper Bella Italia volljohlen, bis den Einheimischen die Tomatensoße von der Nudel rutscht. Und alle zwei Minuten hält einer die CD in die Kamera und grinst wie ein zugekokster Gebrauchtwagenhändler. Für die einen war es so eine Art Sendung, für die anderen der längste Werbespot der Welt! Mir war einfach nur schlecht.

MÖCHTE NOCH JEMAND EIS?

Wer ins Kino geht, muß damit rechnen, sich aufzuregen. Egal ob über den Zwei-Meter-Riesen mit Bischofsmütze, der sich auf den letzten freien Platz vor Dir setzt, den Fußpilz-Züchter im Rücken, der seine schuhlosen Schweinemauken auf Deiner Kopfstütze plaziert oder über die sprechende Amöbe im Stimmbruch, die in hirnlosem Eifer und megaphonischer Lautstärke absolut jede Szene kommentiert, unwissend, daß einen seine dämliche Drecksmeinung weniger interessiert als der Furz einer kretischen Bergziege bei Sonnenaufgang. Okay, all diese Übel lassen sich mit einer vernünftigen Konversation oder einem gezielten Schlag aufs Maul notfalls noch beheben – aber einem Übel kann niemand entfliehen: der obligatorischen Langnese-Werbung!
Selbst wenn man das Eis mag und vielleicht sogar kaufen wollte: die Doofenfilme aus dem Haus der Hirnschmelze verderben einem auch den letzten Rest Appetit! *Like Scheiß in the Sunshine* – ulkige Klischee-Vollidioten am Strand fressen Eis und haben Spaß. Mann, haben wir gelacht – allerdings nur einmal. Beim zweiten Mal noch geschmunzelt, beim dritten gegähnt und beim viermillionsten Mal in Agonie geschrien! Eine Werbung, die mehr über ihr Publikum aussagte als über das Produkt, denn

man wußte immer: wer sich hierbei noch die Schenkel klopft, ist entweder rettungslos verblödet oder seit der Premiere von *Quax, der Bruchpilot* nicht mehr im Lichtspieltheater gewesen. Anyway, dachten sich die klugen Kreativ-Cornettos, wer sich hundertmal den gleichen Flutschi-Finger in den Hals steckt, kann auch tausendmal den gleichen Witz ertragen. Selbst den von dem ach so witzigen Fettwanst, der sich im Hawaii-Hemd durch die Programme zappt, bis ihn seine noch fettere Frau wieder zurückholt. Unlustig bis zur Schmerzgrenze – aber so schmeckt nun mal der Sommer: nach Schweiß, Sonnenöl und Mückensalbe. Lecker. Kurze Zeit vorher gab es auch mal putzige Buschmänner, die für Massa Zuschauer schönes Langnese-Film auf Elefantenleinwand abspielten. Ja, weißer Eismann sein gut zu dummer Schwarzhaut! Wahrscheinlich auch gar nicht rassistisch gemeint und irgend jemand hatte in Nogger nur den ersten Vokal verwechselt …

Die Krönung aber war der Nachfolger *›Cool Kisses‹* – zwei quietschfidele Yuppies – zum Knutschen, mit der Großhirnmasse eines Eiskonfekts – feiern Hochzeit und erleben dabei Ulkiges. Da lachte keiner mehr. Man wollte nur noch schießen. Ich und meine Magnum – für die einen ist es Gewalt, für die anderen die kürzeste Scheidung der Welt! In diesem Sinne: leckt mich doch!

NACHTS, WENN DIE SENDER SCHLAFEN ...

Was geschieht im Fernsehen eigentlich nachts, wenn die kleinen Sender müde sind, sich ihre Äuglein reiben und die MAZ ausknipsen? Was gähnen ZDF und RTL in den Äther, wenn der Sandmann Stolte in sein Bettchen gebracht und Thoma den Nuckeldaumen in den Mund gestopft hat?
Sat 1 und RTL z.B. versuchen uns weiszumachen, daß echte Helden gar keinen Schlaf benötigen und sie deshalb rund um die Formatuhr für ihr hochgeschätztes Publikum auf den Beinen sind. Was natürlich Quatsch ist, denn aus den Gräbern der Geschmacksverwesung steigen nach Mitternacht lediglich ausgelutschte Laber-Zombies in erbarmungslos blutleeren Talk-Show-Wiederholungen, denen ob ihrer geistigen Totenstarre nicht einmal mehr ein Holzpflock durch die Fernbedienung etwas anhaben kann.
Ganz anders das ZDF, wo stundenlang ein orientierungsloser Praktikant über öde Landstraßen juckelt und einen Parkplatz sucht. Vergeblich wird man darauf warten, daß er mal lachend einen Blumenkübel ummöllert, hupend am Krankenhaus vorbeirast oder eine alte Oma in den Graben drängt, denn schließlich ist man beim ZDF (*Züchtige Deutsche Fahrschule*), da bremst man auch für Schwarzseher und hält nicht mal zum Pinkeln an.

Da ist man bei VOX schon kreativer, läßt nach Sonnenuntergang selbige wieder aufgehen und zeigt die Urlaubsvideos des Kameramanns aus Miami Beach. Ab und zu kackt mal ein Hund in die Brandung oder es wird eine tote Robbe angeschwemmt, aber sonst nichts als leere Strände und wohliger Wellengang – quasi Baywatch ohne Titten, aber zum Glück auch ohne Hasselhoff.
Ähnlich entspannend ist es bei Super-RTL – man läßt einfach den Kamin brennen, grillt mal ein Würstchen oder wirft etwas Geld in die Flammen, gibt sich aber sonst der knisternden Langeweile hin. Nur unmerklich spannender als eine abgefilmte Zentralheizung, dafür aber nicht so nervenaufreibend wie die Live-Übertragung aus dem Aquarium im *Offenen Kanal*. Eine Handvoll Fischstäbchen im Rohzustand schwimmen von links nach rechts, wenn sie ganz crazy drauf sind sogar mal von rechts nach links. So realistisch, daß es bereits häufig zu Beschwerden der Zuschauer wegen des strengen Fischgeruchs in ihrer Wohnung kam – was allerdings nicht am Offenen Kanal, sondern meistens nur an der offenen Hose lag. Na dann gute Nacht!

MICKY MAUS HAT KEINEN PIMMEL!

Donald Duck übrigens auch nicht. Sonst könnte die alte Pottsau sicher auch nicht den ganzen Tag ohne Hose durch Entenhausen laufen. Minnie und Daisy scheint die Genitalarmut ihrer Partner seltsamerweise herzlich wenig zu stören. Früher dachte ich eine ganze Zeit lang, sie hätten ein Verhältnis und ließen sich heimlich von Kater Karlo nageln, aber das stimmt nicht. In ganz Eunuchenhausen läuft zwischentierlich absolut null! Okay, niemand weiß, was wirklich abgeht, wenn die Lichter ausge-

knipst und die Lustigen Taschenbücher zugeklappt sind. Vielleicht schwingt sich Donald dann mit erigiertem Bürzel in seinen Latex-Matrosenanzug und läßt sich von Tick, Trick und Track in Dagoberts Geldspeicher auspeitschen, vielleicht gehen die Panzerknacker auch gemeinsam duschen, aber das bleibt reine Spekulation.
In der Disney-Welt ist eben alles anders. Da haben sich alle lieb, aber ohne anfassen, Schweine können sprechen und nicht nur faul auf dem Teller in der Soße liegen, und Pluto pinkelt nie auf den Teppich. Niemand muß jemals traurig sein, denn wenn man den Krebsbefund bekommt, tanzt dazu ein heiteres Mäuseballett. Das Leben kann so schön sein, wenn es gemalt ist! Und gegen ein bißchen käuflichen Optimismus ist ja auch wahrlich nichts einzuwenden. Ich habe als Kind auch *Das Dschungelbuch* lieber gesehen als jede noch so gut gemachte *Spiegel-TV*-Reportage, und das geht mir heute eigentlich immer noch so.
Inzwischen allerdings scheint den malenden Kommerzkaspern aus dem kulturellen Disneyandertal ja wirklich absolut keine Peinlichkeit mehr plump genug zu sein. Nach Pocahontas, der pastellfarbenen Aufarbeitung der Indianervertreibung, folgt nun – kein Scherz! – die Zeichentrickversion von *Der Glöckner von Notre Dame*! Ein Sackgesicht zum Knutschen verknallt sich unglücklich in die scharfe Wuchtbrumme Esmeralda, bimmelt sich den Buckel schief, und am Ende singt das lustige Depri-Monster mit ihr und dem sprechenden Mauervorsprung *›I'm too sexy‹*. So kann man ein gotisches Drama natürlich auch interpretieren. Auf Erden klingeln die Kassen, und im Himmel zertrümmert Victor Hugo schreiend seine Harfe, während auf CD die Musical-Version von *Les Misérables* läuft. Wie wär's denn vielleicht als nächstes mit *Walt Disney's Holocausty* (Alternativtitel: *Goofys Liste*) oder *Tschernobilly, der auseinanderfallende Elefant* ? Es lebe die Trivialität des Tragischen!

K A L K O F E S

MISSION RECYCABLE

Hurra, Flipper ist wieder da! Und sogar im Kino! Na gut, nicht der ganz echte von damals, der ist schon längst zu dreimal Mittagstisch in der Pizzeria Pinnocchio verarbeitet worden. Ist jetzt halt ein anderer Schauspieler, aber er riecht immer noch nach Fisch, ist glitschig und kann gerufen werden, indem man mit einer Blechtröte ins Wasser furzt.

Nennen Sie mich von mir aus einen verschnarchten alten Zauselsack – aber irgendwie finde ich es schön, wenn man seine Fernseh-Helden von damals heute im Kino wiedersehen kann. Der ewig läufige Richard Kimble, der dicke Captain Kirk, der fledermäusige Flatterheini Bat Man – sie alle kamen zurück. Sogar den ollen Zossen Black Beauty ließ man letztens noch einmal ein paar Pferdeäpfel auf die Leinwand abseilen, bevor er zu seiner letzten Autogrammstunde in die Freibank trabte. Aber warum klappt das TV-Recycling eigentlich nur im Ausland? *Mission Impossible* wird ein Mega-Hit auf der ganzen Welt – aber wo bleibt zum Beipiel *MS-Franziska – Der Film*? Oder *Manni, der Libero returns*?

Haben wir Deutschen etwa keine weggeworfenen Serien, die es wert wären, wiederverwertet und nostalgisch gehuldigt zu werden? Okay, wir waren immer etwas betuli-

cher als die anderen. Während in den USA *Starsky und Hutch* mit gespannter Knarre einen Flic Flac über das Autodach machten, schnallte sich hier *der Bastian* die Fahrradklammern um die Cordhose. Na und? Jedes Land kriegt das, was es verdient! Die Amis hatten *Bonanza*, aber wir die *Hesselbachs*! Und was ist schon der *Weiße Hai* gegen einen *Blauen Bock*? Ein paar lustige Homos ins Drehbuch und wir haben einen Nr.1-Hit mit *Neues aus Schwulenbusch*! Und mit Til Schweiger und Katja Riemann als Ratz und Rübe könnte man sogar *Rappelkiste* zum Kinohit machen!
Sollte das alles trotzdem nicht hinhauen, dann hilft nur noch eine Koproduktion mit Hollywood. Es muß ja nicht gleich *Speed 2 im Kli-Kla-Klawitterbus* oder *Nightmare on Forellenhof* sein, aber die *Addams-Family* hätte man doch in Deutschland mit anderen Namen hervorragend als *Diese Drombuschs* verkaufen können! Und warum verfilmt Quentin Tarrantino nicht *Derrick* mit Clint Eastwood und John Travolta als Harry? Ich jedenfalls plane schon heute die Spielfilmversion von *Kalkofes Mattscheibe* mit Bruce Willis als sympathisch-schüchternen Fernsehkritiker, der allein mit 12 GEZ-Fahndern im Fernsehturm eingeschlossen wird. Titel: *Kalk Hard – Ihr mich auch*! Wir sehen uns im Kino!

MATHE, DEUTSCH UND FERNSEHEN

Noch nie habe ich verstanden, warum es mich als präpubertären Pennäler interessieren sollte, mit wieviel Ärmchen das fummelfreudige Sauerstoff-Atom nach dem schüchternen Wasserstoff grabscht, damit sie zusammen ein Bächlein machen können. Auch wollte ich nicht wissen, wieviel die dritte Wurzel aus 729 ist. Ich fand immer, das ging höchstens die 729 selbst was an, vielleicht noch ihre Familie, aber sicher nicht mich. Und welche Farbe der Bauch des Stichling-Männchens annimmt, wenn er scharf auf irgendeine vorbeischwimmende Makrele ist, war mir, mit Verlaub gesagt, extrem scheißegal. Wenn der blöde Fisch unbedingt ficken will, dann soll er, aber möglichst leise – und wenn er sich dazu die Plauze anpinseln, die Schuppen fönen oder sich gegrillt auf ein Toastbrot legen muß, ist das seine Sache.
Mich tangierte das nicht einmal peripher, ich wollte vielmehr wissen, was Hop-Sing denn den Cartwrights diese Woche wohl Seltsames gekocht hatte und warum es auf der Ponderosa keine Katzen gab. Oder wieso auf allen fremden Planeten, die das Raumschiff Enterprise ansteuerte, die Außerirdischen ihre Felsen von innen mit bunten Glühbirnen beleuchteten wie beim Laternenfest der Kreissparkasse. Aber das erklärte mir niemand.

Wieso eigentlich nicht? Warum gibt es ›Fernsehen‹ nicht endlich als Schulfach? Die armen Kinder müssen lernen, wie man auf Lateinisch eine Vanillemilch bestellt oder häßliche Linoldrucke aus alten Küchenfliesen zusammenpantscht, aber keine meiner knorrigen Lehrerinnen hat mir je erläutert, wie man einen Videorecorder programmiert oder was man tun soll, wenn zwei tolle Filme gleichzeitig laufen. Da versagt das deutsche Schulsystem. 82% der Kids heutzutage wissen noch nicht einmal, daß es auf ihrer Fernbedienung überhaupt einen Abschaltknopf gibt, irgendwo zwischen RTL und Lauter-stellen. Warum gibt es kein Fach, in dem man den jungen Menschen erklärt, daß David Hasselhoff lediglich ein sprechendes Brusthaartoupet und *Baywatch* nur Fiktion ist, normalerweise an den Stränden nur dicke Frauen mit geröteter Speckschwarte liegen und daß die Titten von Pamela Anderson nur mit einer chirurgischen Fahrradpumpe aufgemopst wurden, allerdings explodieren können, wenn man zu stark rubbelt? Solange die Medienpädagogen nur mit dem erhobenen Zeigefinger in der Nase bohren und über den schädlichen Einfluß der Glotze jammern, wird bei ihrer Arbeit außer dicken Popeln jedenfalls nichts herauskommen.

KOPULIER MIR!

Ganz ganz früher, so gegen damals, war alles einfacher. Wenn der Mann eine Lebensabschnittsgefährtin suchte, die ihm die Fellunterhosen bügeln und die Höhle klinkern sollte, schlurfte er – sofern er das Aufrechtgehen bereits beherrschte – einfach zum Dinosaurier-Grillplatz, grunzte zweimal und donnerte dem nächstbesten Nichtschwänzler seinen Holzprügel über die Omme. Ein paar Jahrhunderte später mußte er sich schon etwas mehr Mühe geben. Zusammengelogene Komplimente und geklaute Blumen, ein Kniefall und Geschmeide – der güldene Verlobungsring wurde zur Keule des modernen Mannes. Doch es sollte nur wenige Jahrzehnte und eine Handvoll Hera Lind-Bücher dauern, da war es die Frau sogar selber, die – sofern auch sie schon aufrecht gehen konnte – am Samstagabend mit Mini-Pli und Mini-Rock loswakkelte, um sich ihren Begattungshelfer höchstpersönlich zu erwählen.

All diese hübschen Formen des spontanen Kennenlernens scheinen heute jedoch ausgestorben zu sein. Wer dieser Tage was zum Anfassen sucht, der geht ins Fernsehen. Denn töffelig herumgebaggert wird längst nicht mehr nur in der verwarzten Vorstadt-Fummeldisco, son-

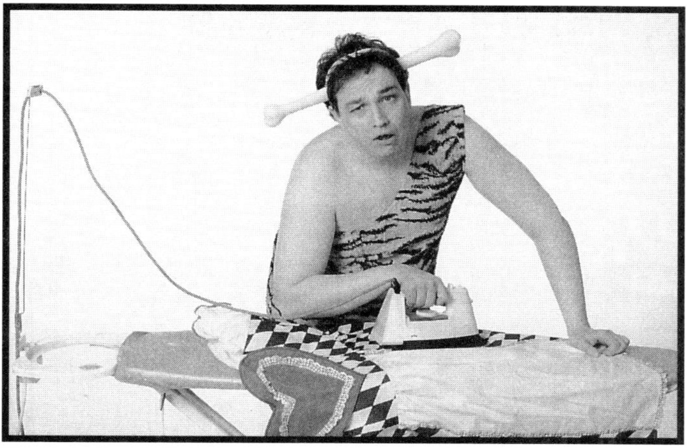

dern auch auf dem Bildschirm. Wo einst nur in der ARD ein hagerer Holländer gelangweilt aufgebrezelte Bürokauffrauen fragte, welche der drei Pomade-beschmierten Arschgeigen denn nun ihr Herzblatt sein sollte, kamen schon bald die Quoten-Trüffelschweine der übrigen Sender aus ihren moderigen Kreativ-Katakomben gekrochen und jagten gleich dutzendweise fröhlicher Geschlechtsverkehr-Vorbereitungs-Shows durch den Äther. Von *Verzeih mir* bis *Besorgs mir* und *Verpiß Dir*, von *Sommer sucht Sprosse* bis *Fisch sucht Dose* und *Redakteur sucht Gehirn* – in jeden Topf paßt ein Teckel, und Quote bringt es außerdem. Wer zu dösig ist, eine *›Frustrierter Erdkundelehrer mit Einbauküche und eigener Cordhose sucht junge Thailänderin mit viel Toleranz‹*-Anzeige aufzugeben, meldet sich halt bei *Nur die Liebe zählt* oder *Wen die Pflaume quält* oder läßt sich gleich von Linda, der sprechenden Scheiblette, zum zukünftigen Scheidungsopfer machen. Kein Aspekt der gescheiterten Zwischenmenschlichkeit, der noch nicht im Werberahmenprogramm zu sehen ist. Obwohl – *Mord oder Scheidung* als Nachfolger von *Geld oder Liebe*, *Flitterfickeln* oder *Die Onan und Wixie-Show* könnte ich mir schon noch vorstellen.

DAS GLÜXRAT NAHCH DER RECHTSCHRAIBREVO-RM

Zweimal täglich nach dem Essen frage ich mich selbst: Was bringt uns eigentlich die neue Rechtschreibreform? – bisher jedoch ohne befriedigende Antwort meinerseits. Okay, vielleicht darf man ab jetzt *›Furzender Fickfrosch‹* auch mit V schreiben, aber ehrlich gesagt sollte man das als anständiger Mensch ohnehin lieber gar nicht zu Papier bringen. *»Die armen Schüler müssen nicht mehr so viel Rechtschreibung büffeln!«* mag manch pelziger Pullunder-Pädagoge sich aus dem Marmelade-verklebten Vollbart nuscheln, aber weiterhin frage ich, wozu das gut sein soll! Damit die faulen Bratzen jeden Tag noch zwei Stunden mehr mit In-Line-Skatern in der Fußgängerzone Omas über den Haufen fahren können? Glauben Sie ja nicht, die kleinen Mitesserplantagen würden einem das alles danken! In Zukunft wird jeder Erwachsene, der *fotografieren* in alter Tradition des Absurden noch mit PH schreibt, von vorlauten Rotznasen öffentlich ausgelacht und als altmodisch-verkalkter Schnarchsack denunziert werden.

Und das alles nur, weil wir einen Kanzler haben, der im Diktat immer eine Fünf hatte, und in Bonn jeder zweite Abgeordnete ein abgeschlossenes Legasthenie-Studium vorzuweisen hat. Und weil es denen peinlich ist, ohne

Sekretärin nicht mal den Einkaufszettel für den Aldi fehlerfrei auf die Küchenrolle kritzeln zu können, spülen sie eben mal fix unsere seit Jahrzehnten mühsam verkorkste Rechtschreibung in das imaginäre Klo.
Aber hat sich schon mal jemand darüber Gedanken gemacht, was das für Konsequenzen für das Fernsehen hat? Wie schreibt man beispielsweise in Zukunft ZDF? Oder Ilonna Kristen? Und was wird überhaupt aus dem *Glücksrad*? Ich sehe schon jetzt vor meinem geistigen Auge, wie Maren Gilzer panisch zwischen Vokalen und Konsonanten umherzappelt, bis ihr die Laufmaschen in die Strümpfe schießen und sie vor Angst zu sprechen anfängt, wenn sie bemerkt, daß plötzlich die Gesetze der Rechtschreibung außer Kraft getreten sind. Und schon heute freue ich mich darauf, wie sich bei Meißner das Gehirn auf *Bankrott* dreht und Peter Bond das versteinerte Grinsen in die Unterhose poltert, wenn der erste Kandidat nach der Auflösung zu diskutieren beginnt, ob man *»Wer das liest ist doof«* nicht hinten auch anders schreiben kann. Mm … könnte zum ersten mal spannend werden!

SÄTTIGUNGSBEILAGE FERNSEHEN

Reden wir heute mal über das Essen. Um dem leeren Magen in den Zustand unangenehmer Völle zu verhelfen, plazierte die clevere Hausfrau früher noch die gemeine Salzkartoffel mit Petersilie-Schuppen neben die irre Rinderroulade. Oder Papa bröselte sich längs des Zigeunerschnitzels überlegen den nicht klumpenden Kunstreis aus Onkel Toms Tüte auf den weißen Teller. Heute jedoch bleibt die Küche kalt, da wird einfach die Sättigungsbeilage aus der Kiste angeknipst.

Zu jeder Tageszeit gibt es das passende Fernsehgericht. Während sich bei Sonnenaufgang der noch dösende Darm zu vereinzelten müden Morgenmagazinen recht angeregt entleeren läßt, wird bei den meisten anderen Sendern entweder die passende Seifenoper zum Duschen gereicht oder noch mal schnell der kalte Kaffee vom Vorabend aufgebrüht. Durch den verschnarchten Restmorgen plaudert sich danach das sympathische Schwiegersohn-Model Kerner mit sanft einlaufenden Plaudereien, auf daß ja niemandem beim Frühstück die Eier zu hart werden – wobei zum Abschrecken selbiger anschließend die schrill durch das Studio keifende *Vera am Mittag* als Appetithemmer über den Bildschirm walzt. Wenn sich gegen eins die gebeutelte Bürokauffrau ihre Diätsuppe

anrührt, läuft gewöhnlich irgendeine amerikanische Kriminalserie, wo ein tölpeliger Killer versucht, in einer einsamen Tiefgarage eine kreischende Blondine im Regenmantel auf dem Frauenparkplatz plattzufahren.
Zum Käffchen dann ein bißchen Bärbel oder einen kleinen Fliegen-Schiß Betroffenheit, zum Kuchen aber auf jeden Fall eine Portion Ilona, denn die ist noch banaler als Schlagsahne und macht nicht mal dick, höchstens doof.
Zwischen den Mahlzeiten gibt es nichts, höchstens als kleinen Snack etwas Gemümmel von Hans Meiser oder ein bißchen bewegtes Brusthaar mit silicongefüllter Bikinibeilage in *Baywatch*. Lecker wird es erst wieder zum Abendbrot. Da wirbeln im Glücksrad bunte Buchstaben durch leere Köpfe, da sagt uns Barbara Eligmann, wie sie heißt, und in *Beschissene Zeiten – Schlechte Zeiten* stümpern sich hoffnungslose Schauspielschul-Abbrecher durch gequirlte Drehbuch-Kacke.
Es ist eben nicht zu verhindern im Zeitalter der multimedialen Überfütterung: das Auge ißt nun einmal mit – auch wenn das Gehirn meist hungrig vom Tisch aufstehen muß. Und geguckt wird, was auf den Tisch kommt, sonst gibt es schlechtes Wetter und Bildstörungen. Na dann Mahlzeit – aber für mich bitte keinen Nachtisch!

GIBT ES INTELLIGENTES LEBEN IM ALL?

Gute Frage, bisher habe ich noch nicht einmal hier welches entdeckt. Obwohl … haben Sie INDEPENDANCE DAY gesehen? Von einem deutschen Regisseur, so eine Art intergalaktische Beziehungskomödie: ein Kegelclub extraterrestrischer Schleimbeutel, ich glaube gespielt von Katja Riemann, macht eine Butterfahrt auf die Erde, bombt sich einmal quer durch die Botanik und wird dann von einer Handvoll fuckin' cooler Americans wieder zurück zu Mama auf den Mars geschickt.

Für mich persönlich einer der realistischsten Filme der letzten 200 Jahre. Stellen Sie sich mal vor, Sie wären ein Außerirdischer und würden von Riegel 7 aus unsere TV-Satelliten anzapfen. Ich schwöre es Ihnen – eine Woche mit Carolin Reiber, Traumhochzeit und öffentlichem Schwanzmessen bei Bärbel Schäfer, und Sie würden auch herkommen, um alles wegzusprengen. Das zeugt sogar von großer Intelligenz – und ist eigentlich reine Notwehr, sowas hält doch kein Alien aus! Wobei mir langsam auch klar wird, warum die meisten Raumschiffe bisher um diese Welt einen so großen Bogen gemacht haben: aus nackter Angst, beim Kontakt mit uns Menschen vollständig zu verblöden!

Andererseits – wer weiß, was uns die Regierung nicht alles verschweigt. Wahrscheinlich hat man dort bereits eine X-Akte zur Kelly-Family angelegt: sind sie Nachfahren des ausgestorben geglaubten Homo Syphilis oder außerirdischer Herkunft (siehe auch *UFO = Ungewaschenes Filziges Objekt*)? Was ist mit dem mutantisch grinsenden Max Schautzer – hat eigentlich irgend jemand gesehen, wie er geboren wurde? Oder ist er vielleicht einem Alien-verseuchten ARD-Redakteur beim Mittagessen aus dem aufgeplatzten Blähbauch gesprungen? Und wer kann schon bei den Darbietungen der *Lustigen Musikanten* sagen, ob es sich dabei um die satirische Umsetzung urdeutscher Brauchtümer handelt oder um ein klingonisches Fruchtbarkeitsritual? Vielleicht kommt ja auch Ilona Christen in Wirklichkeit vom Planeten Ariel – und irgendwie warte ich schon seit Jahren darauf, daß eines Tages Patrick Lindner beim Lächeln die Fönfrisur verglüht und ihm auf offener Bühne die Batterien aus dem Hintern rutschen. Und unser Kanzler ... mal ganz ehrlich: ist der wirklich so dick oder brütet er? Vielleicht bin ich auch der einzige noch existierende Mensch auf der Erde und werde vom Weltall aus mit einer versteckten Kamera gefilmt für die Jupiter-Ausgabe von *Bitte lächeln.* Aber egal – eines Tages kommt *Independance Day II – der Tag, an dem die Zuschauer zurückschlagen!* Und bis dahin kann ich jedem nur raten: Trauen Sie niemandem – denn der Wahnsinn ist irgendwo dort draußen!

AUCH CLAUDIA SCHIFFER MUSS MAL KACKEN!

Fiel mir nur gerade so ein. Weiß auch nicht, warum. Zugegeben, egal wie liebreizend so ein frisch gezapfter Schiffer-Dödel auch sein mag – es ist keine schöne Vorstellung, wenngleich auch eine unumstößliche Tatsache. Den Mageninhalt vom Vortag kann selbst David Copperfield nicht wegzaubern, da bleibt nur der Stuhlgang.
Ich weiß, bestimmt würden Sie jetzt am liebsten hochroten Kopfes einen zu Recht erbosten Leserbrief über den zunehmenden Niveau-Verlust dieser sonst so heiter anmutenden Kolumne schreiben. Aber denken Sie vorher noch einmal zurück an heute morgen im Badezimmer – und beschweren Sie sich dann lieber bei der Natur, nicht bei mir! Ich nenne nur Fakten. Der liebe Gott hatte nun mal keine Designer-Ausbildung – er erschuf Cindy Crawford und die Sonne mit der gleichen Freude wie Ernst Mosch und Hämorrhoiden. Keiner kann umhin, im Leben auch jene ästhetisch weniger ansprechenden Dinge zu tun, von denen er seinen Armani-umhäkelten Kollegen von der Kreativ-Agentur und deren aufgebrezelten Grinse-Schnittchen mit dem Knackarsch im Lackschlauch nur ungern beim Prosecco-Schlürfen auf der Sonntags-Vernissage erzählen würde. Ich glaube, sogar Carolin Reiber hat unter ihrem Dirndl schon mal wäh-

rend der Sendung einen ziehen lassen, was aber vom Publikum wahrscheinlich nur für ein verstimmtes Alphorn gehalten wurde. Sollte ich mich irren, betrachten Sie den letzten Satz bitte als gegenstandslos.
Glauben Sie mir: auch wenn wir die großen Geschäfte auf den bundesdeutschen Aborten am liebsten verschwiegen unter den Kanalisationsdeckel kehren würden – wir alle betreiben sie. Sogar die ganz ganz Wichtigen – auch im Fernsehen! Um ganz ehrlich zu sein: mehr als 60% der existierenden TV-Shows wurden auf dem Klo erfunden – und mindestens 90% gehören dort auch schnellstens wieder runtergespült!
Warum aber schreibe ich das eigentlich alles? Nun, es ist nicht mein primäres Ziel, Ihnen, werte Leser, durch einen Text voller böser Pfui-Worte den Appetit auf Ihre wohlverdienten Königsberger Klopse zu verderben – vielmehr möchte ich auf Dinge aufmerksam machen, die im Argen liegen, zum Nachdenken anregen und kritisieren, ohne zu ermahnen … gut, sie haben recht – wahrscheinlich bin ich aber einfach nur eine alte Pottsau! Bitte verzeihen Sie mir.

K A L K O F E S

KAFFEE, KOKS & KINDERSCHOKOLADE

Soweit zum Inhalt der Pausenbrottasche eines durchschnittlichen Viva-Moderators. Und das muß auch gar keine dicke Mami am Suppentopf überraschen, die all diese grünhaarig nasengepiercten Hibbelköppe mit dem debilen Dauergrinsen bisher immer für ganz anständige Furzknoten gehalten hat. So ist das nun mal in den Medien. Ohne Drogen läuft da nix. Oder glauben Sie etwa, all diese irrwitzigen Game-Shows mit Gehirntod als Hauptpreis sind nach einer Tasse Hagebutten-Tee entstanden? Soviel Wahnsinn kann kein Mensch erfinden, wenn er nicht vorher wenigstens mal kurz mit der Nase über den Schreibtisch geschliddert ist. Es gibt Kölner Sender, da werden die kleinen weißen Kreativ-Linien so natürlich ungezwungen ausgeteilt, daß Besucher häufig unwissend davor stehenbleiben, weil sie sie für Zebrastreifen halten. Und wer von uns hat nicht mit einer Mischung aus Sensationsgier, Ekel und Langeweile in den Tratsch-Gazetten die Geschichte des frisch verknackten Hobby-Koksers Konstantin Wecker verfolgt? Wenn man denen glauben darf, muß der sich ja das Designer-Prickel-Pit säckeweise durch jede nur erdenkliche Körperöffnung gejagt haben, bis er irgendwann gutgelaunt mit einem Strohhalm im Hintern von der Polizei erwischt wurde. Doch wenn erst mal Gras über die ganze Sache geraucht

ist, wird auch er auf der Bühne wieder klavierspielend mit der Sucht kokettieren können wie Juhnke mit der Whiskyflasche. Denn so ist das Show-Business – und dem Publikum ist es ehrlich gesagt auch scheißegal, womit sich der ulkige Wicht im Scheinwerferlicht sein Leben versaut, hauptsache man hat was zu lachen.
Aber was ist denn eigentlich mit den Medien selbst? ›*Religion ist Opium fürs Volk!*‹ hat mal irgendein schlauer Apotheker gesagt – aber wenn das stimmt, dann ist Fernsehen das Kokain für Sozialhilfeempfänger! Obwohl man natürlich schon unterscheiden muß: wo ein bißchen VIVA noch harmlos ist, quasi der Red Bull im Kabelnetz, oder MTV vielleicht vor der Disco statt Crack oder Speed genommen wird, kann man das ZDF höchstens als eine apothekenpflichtige Dosis Valium durchgehen lassen. VIVA II und VH-1 sind der selbstgewickelte Althippie-Joint, KABEL 1 ist Klebstoff-schnüffeln und die ARD ist kalter Kaffee. Doch egal ob man sich SAT 1 drückt, RTL einwirft oder auf das Methadon-Programm ›Video‹ umsteigt – gesund ist das alles nicht!

FROHE OSTERN!*

* Bitte am 24. Dezember lesen

Warum eigentlich nicht! Mir ist jedenfalls jetzt nach Ostern! Ich möchte Hasen jagen, Lämmer essen und bei meinen Nachbarn bunte Eier gegen die Fenster werfen. Ich möchte über die Felder hüpfen, auf Krokusse treten und im Gras gefärbte Hundeköttel verstecken. Darauf hätte ich jetzt Lust. Aber nein – ich muß Weihnachten feiern! Nur weil alle das jetzt tun und in den Kaufhäusern die länglichen Schokolade-Skulpturen zur Zeit einen dikken roten Bierbauch-Seppl auf dem Staniolpapier haben anstatt eines fröhlichen Karnickels mit Eiern im Rucksack.

Ja wer bin ich denn? Muß ich mir von anderen vorschreiben lassen, welches Fest ich zu feiern habe und in welcher Stimmung ich sein muß? Ich will aber nicht wie ein Schaf der Herde zur Krippe folgen oder mich wie ein Lemming vor den Rentierschlitten werfen! Ich möchte auch nicht mehr in einen Supermarkt gehen, um 100 g Mortadella zu kaufen, nur um dort ohne Pause mit Weihnachtsliedern von Roger Whittaker berieselt zu werden und meinen Aufschnitt in Geschenkpapier verpackt zu bekommen!
Zu einer Zeit, wo jede Ansammlung von zwei Fischbuden mit einer silbernen Lamettakette in der Auslage zum Weihnachtsmarkt mutiert, jeder Furz nach Spekulatius riecht und sich die Kollegen im Büro billigen Tüten-Rotwein mit Süßstoff in der Mikrowelle warmmachen und einem als Glühwein anbieten, da wäre es doch eigentlich ganz erfrischend, beispielsweise zum obligatorischen Betriebskomasaufen in der Firma mal nicht mit roter Zipfelmütze sondern wuscheligen Hasenohren an der Rübe hereinzuhoppeln. Arbeitet man in der Hierarchie eher im Parterre der Erfolgspyramide, wird man als endgültig durchgeknallter Vollidiot gelten – gehört man zur Führungsebene, wird man die innovative Weitsicht eines Mannes bewundern, der immer schon seiner Zeit ein paar Monate voraus war.
Und erst das Fernsehen: schon jetzt graut mir davor, daß im Dezember in jeder größeren Show irgendein längst vergessen gehoffter Promi am Ende als Weihnachtsmann verkleidet seinen Sack ausschütteln wird, am zweiten Feiertag wie immer doofe *Stars in der Manege* alberne Pferde im Kreis laufen und Äpfel abdrücken lassen werden und kein Advent vergehen wird, ohne daß auf mindestens vier Sendern ein Wiener Jungeunuchen-Chor *Stille Nacht* gesungen hat.
Ohne mich! Singt Hallelujah beim Wasserlassen, hackt Bäume um, behängt den toten Torso mit farbigem Plastik-Kitsch und packt den Verstand in Goldpapier – ich geh jetzt Eier bemalen!

PRÖSTERCHEN!*

* Bestens geeignet für den 31. Dezember

Das ist schon ziemlich ekelig ... ›*Prösterchen!*‹ Das klingt nach Reihenhaussiedlung am Nachmittag, nach dicklichen Dauerwell-Damen mit einer aufgeschraubten Piccolo, einem Zwergpudel in der Achselhöhle und angetrockneter Zitronencremetorte im Mundwinkel. Noch schlimmer ist aber ›*Stößchen*‹! Wer das beim Schaumwein-zuprosten sagt, vielleicht noch mit abgespreiztem Fingerchen und dem koketten Lächeln einer naßforschen Chefsekretärin kurz vor der Gehaltserhöhung, dem darf man getrost ein- bis zweimal ohne Vorwarnung in die Fresse hauen.
Trotzdem sehe ich es schon auf uns alle zukommen – am Silvesterabend zur Mitternacht werden Millionen von Menschen den Kopf in die Konfetti-Schale halten und sich mit billigem Sekt vollschütten, *Prost Neujahr!* grölen und versuchen, aus kleinen krumpeligen Bleiklumpen mit der Form eines kackenden Kormorans die zu verkorksende Zukunft zu deuten. Und für ein paar Minuten werden sie sich der schalen Illusion hingeben, mit dem Rauchen aufhören zu können oder daß das neue Jahr vielleicht ja mal nicht ganz so beschissen werden könnte wie das letzte.
Vor allem aber wird das Fernsehen sich nach Kräften bemühen, uns den ohnehin bekloppten Abend vollends zu versauen. Nicht *Gaudi-Tretminen und Blödel-Napalm*, sondern *Lachsalven und Juxraketen* – hihi, so nennt der spaßvogelige ARD-Redakteur seine Ansammlung totgelachter

Rohrkrepierer aus der Sketch-Retorte öffentlich-rechtlicher Heiterkeitsattentate. Und während sich im Ersten der Moik im *Silvesterstadl* die Luftschlange aus der Hose schunkelt, fummelt uns im Zweiten der grinsende Grabbelzoni Lippert in das Neue Jahr. Aber nichts gegen Sat 1: die haben erst Juhnke mit der Promille-Gala und danach zwei Affen beim Sack-Entlausen in *Die Superoberaffengeile Silvesterparty mit Schimpy und Paviani*! Mal unter uns – für so einen Titel wäre man früher noch ausgepeitscht oder von der Mutter des Programmdirektors in den Arsch getreten worden! Und für die Idee von RTL, um Mitternacht das Kölner Silvester-Feuerwerk von Bärbel Schäfer live kommentieren zu lassen, hätte man in der guten alten Zeit dem zuständigen Redakteur ohne Worte eine Handvoll China-Böller in die Unterhose gesteckt. Okay, Hans Meiser liegt zu der Zeit schon in der Heia und Ilona Christen ist da immer noch beim Vorwaschgang, aber des Schäfers Bärbel, die Knallfrösche interviewt? Nein danke, da besauf ich mich lieber doch selber, fresse alte Berliner, bis mir der Puderzucker aus den Ohren staubt und spreng den Fernseher in die Luft. Prost, du blödes neues Jahr – und Stößchen!

BITTE BEHALTEN SIE IHR GELD!

Spenden Sie nichts mehr! Schluß mit dem pharisäischen Philantropen-Geheuchel – der Monat der kollektiven Warmherzigkeit ist vorüber, Sie dürfen endlich wieder Schwein sein und sich für Ihr Geld selber was kaufen. Vorbei die Zeit, in der jeder Sender zwischen die Werbung für Weihnachts-Mon Cheri, Gänsestopfleber und Tosca, den Süßstoff-Duft für die Hausfrau über drei Zentner, noch schnell einen schwermütig gehauchten Spendenaufruf der Moderatoren dazwischenschob. Nicht etwa, daß es auch nur einen Jungyuppie-Redakteur 'nen feuchten Schiß interessiere, ob irgendwem in Afrika der Kopp abfault oder in China eine Ratte ins Chop Suey fällt, aber wer in der Vorweihnachtszeit keine Benefiz-Aktion laufen hat, ist nun mal ein gefühlloses Schwein – und eine Schachtel plakatives Mitgefühl für benachteiligte Randgruppen bringt Sympathie und zeigt auch mal den Menschen hinter der Jahresbilanz. Was wirklich aus der Kohle wird, geht komplett am Armani-Arsch vorbei, Hauptsache man hat medienwirksam gesammelt.
Was zählt ist die Aktion und wichtig nur eins: wer hat die

ärmsten Schweine zum Vorzeigen? Je fertiger das Opfer, desto besser für das Image. Ausgesetzte Hunde ziehen mehr als Obdachlose, das ist klar, verhungern allein ist langweilig, aber todkrankes Kind schlägt Kriegsopfer mit ohne Arme, tip-top, so ist das im Auto-Quartett der Betroffenheit, weinende Mütter sind immer eine sichere Bank, und wenn sich der Show-Master irgendwo noch eine Aids-Schleife anclipsen kann, ist das sogar modisch hip. So trendy kann Wohltätigkeit sein. Und wenn man mal so richtig zeigen will, wie menschlich man drauf ist, dann macht man noch so eine schicke »Wir blasen die Kohle in den Schornstein«-Gala und läßt Promis auf die Torwand schießen, jeder Schuß ein Tausi oder mehr oder gar nix. Der Witz: das Geld ist irgendwie ja schon da, es liegt im Safe oder in der Portokasse, aber ein bißchen darum spielen, ob die Opfer draußen es auch kriegen, gibt schließlich erst den Kick – das wußten schon die alten Römer! Tod und Spiele, Schnittchen für die Welt und Brot für die Quote – auch Fernsehmacher haben Herz und Pansen!

Aber was soll man machen: wir brauchen nun einmal für jede Emotion einen offiziellen Anlaß. Ohne Karneval und amtliche Pappnase trauen wir uns nicht zu lachen, zum Totensonntag ist man traurig und ohne Weihnachten wär keine Zeit für Mitgefühl. Der Mensch ist eben blöd. Stempel drauf, abheften!

MEIN VATER HAT EIN SCHWEIN GESCHLACHTET

Kennen Sie dieses Spiel? Außer mir scheint niemand je davon gehört zu haben, dabei war es ein Klassiker meiner Kindheit – und zudem pädagogisch höchst wertvoll. Irgendwie mußte man sagen *›Mein Vater hat ein Schwein geschlachtet‹* und dann aufzählen, was Papa aus dem kaputten Vieh so alles rausgehobelt hat – Schinken, Leber, Pfannengyros, Putenschnitzel, usw. – und wie von Metzgerhand lernte man dabei spielerisch die faszinierende Anatomie der Mastsau. An mehr kann ich mich nicht erinnern – aber es würde bestimmt eine tolle Game-Show abgeben! In Sat 1 könnte z. B. Elmi Hörig endlich diesen *Fick den Zonk!*-Krempel aufgeben und damit seinen 25. vergeblichen Show-Versuch feiern, im ZDF müßte natürlich DiTo Heck ran mit *Schweinehälften für Millionen* zugunsten von ›Leberwurstbrot für die Welt‹, und in der ARD hieße sie *Die Sendung mit der Sau – Lach- und Schlachtgeschichten mit Max Schautzer*, der ja sowieso immer grinst wie ein frisch geschlüpftes Ferkel kurz nach dem Schwänzchenringeln.
Gut, mögen Sie sagen, unterhaltsam, aber nichts für Vegetarier – und recht haben Sie. Aber egal, ob *Dalli Dalli – The Next Generation*, *Die 100.000 Lire Show* oder *Käsehhochzeit* – 97% der lustigen Kandidatenspiele im Fernsehen stammen sowieso aus dem Handbuch *›So wird's ein schöner Kindergeburtstag‹* von 1954. Wieso nicht

gleich ehrlich dazu stehen und große Shows aus dem Beklopptenkram machen? Zugegeben, uns fehlen Stars wie in Amerika – *Wer hat Angst vorm schwarzen Mann?* mit O. J. Simpson wird es hier leider nie geben, auch nicht *Ich sehe was, was Du nicht siehst* mit Stevie Wonder. Schade! Aber vielleicht ja *Topfschlagen* mit Dieter Bohlen und Verona Feldbusch als Topf. Und Eierlaufen könnte ich mir ohne weiteres als Alternative zu *Wetten daß* vorstellen ... oder wenn es sein muß eben auch *Eierkraulen*, falls mal wieder Genscher oder Gorbatchov zu Gast ist. Koschwitz wäre die Idealbesetzung für *Der Plumpsack geht rum* und Grabbelbrille Lippert für *Blinde Kuh – Tatschen ohne Tabu für die Aktion Sorgenkind.* Und warum macht man eigentlich nicht *Fischlein im Dunkeln* mit Hera Lind? Wenn die olle Krikkel-Trulla auftritt, platzen sowieso vor Eitelkeit die Glühbirnen, alle Gäste dürften sich dann vor ihr verstecken, und wer gefunden wird, muß sich zur Strafe eine halbe Stunde von der blonden Konsalikin anhören, was für ein imponierendes Superweib sie doch ist. Okay, toll klingt das alles nicht – aber immer noch besser als das echte Programm!

HEUTE SCHON GEKOTZT?

Kochen ist Kult. Längst vorbei ist die Zeit, in der es sich dabei lediglich um eine Beschäftigungstherapie für gelangweilte Mütter und Ehefrauen handelte, die versuchten, aus alten Tierkadavern, Spanplatten und einem halben Brühwürfel für Papa eine möglichst schmackhafte Mahlzeit zuzubereiten. Heute ist Kochen einfach chic. Wenn man früher keine Zeit hatte, schüttete man sich schon mal einfach eine kalte Dose Pichelsteiner Eintopf auf ex in den Rachen, oder man ließ sich als Student in der Mensa aufgewärmte Erbrochenes-Imitate auf den Plastikteller schaufeln, wenn die Kohle fehlte. Inzwischen ist so etwas undenkbar! Kochen ist ein Ausdruck von Savoir Vivre, ein Zeichen von Kultur. Mit einer einfachen Einladung zu einem romantischen Fischbrötchen bei Kerzenschein am Ufer der Seine bekommt man heute keine Friseuse mehr auf die Matte – der moderne Mann muß selber kochen! Und wenn er bei Mama damals nicht gelernt hat, wie man das Schlemmerfilet warmmacht oder die Petersilie auf das Katzenfutter prokelt, gibt's halt nix zu poppen!

Wen wundert es also, daß Kochen im Fernsehen neuerdings Hochkonjunktur hat? Kein Sender mehr ohne lustigen Ravioli-Erhitzer aus irgendeiner Drei-Sterne-Frittenschmiere, der uns vormacht, wie man eine Scheibe Toast belegt. Alles ist vertreten, von *Lirum-Larum-Löffelstiel* für Kinder über *Diri-Dari-Drehspieß* für unsere griechischen Mitbürger bis hin zu *Tri-Tra-Trockenbrot* für Volltrottel, die zu blöd zum Kochen sind! Besonders beliebt: die Nahrungszubereitung mit lockeren Prominenten! Genauso grottenöde wie damals die olle Trockenpflaume aus dem Dr. Oetker Versuchslabor für sichselbst-verdauenden Fertigkuchen, aber erfolgreich, weil es immer Spaß macht zu sehen, wie andere in der Küche schuften. Neben Bioleks *Beschissimo*-Brutzeleien jetzt ganz neu am Quotenherd der ARD: Christiane Herzog, die Frauenbeilage des Bundespräsidenten! Egal ob Bulettenkneten mit Ulli Wickert, Fischstäbchen braten mit Nelson Mandela oder Wodka abschmecken mit Boris Jelzin – man kann gar nicht soviel kochen, wie man vor Langeweile reihern möchte! Und wenn nicht bald mal endlich bei einer dieser Schnittchenschmier-Shows die Quoten anbrennen, dann weiß ich schon, was als nächstes kommt: *Picobello* – 90 Minuten abwaschen mit Hera Lind im Stützkorsett und danach *Bohlemia* – beim Kochen zugucken mit Dieter Bohlen und wenn's nicht schmeckt, gibt's einen an die Glocke! Mir ist jetzt schon schlecht!

K A L K O F E S

ICH FÜHLE NICHTS!

Auch wenn ich eigentlich eher ein Freund der filigranen Sprache und lyrischen Prosa bin, ein offenes Wort sei mir hier gegönnt: Verdammte Scheiße, geht mir das verfickte Wetter auf den Sack, das glaubt man gar nicht! Genauer gesagt: der Umgang mit selbigem in den Medien ist es, was in mir den Wunsch erweckt, den nächsten grinsenden Wettermann mit einer abgesägten Schrotflinte über seine dahingekrickelten Tiefdruckwirbel zu verteilen, noch bevor er seine selbstgereimte Bauernregel zu Ende gestümpert hat.

Einst war das Wetter das, was es ist: ein Naturereignis, ein klimatischer Zustand, mal so, mal so – es war halt einfach da. Erforscht und erkundet wurde es von verschrobenen Meteorologen, tanzenden Medizinmännern und dicken Laubfröschen auf Leitern in Einmachgläsern. Wenn man wissen wollte, wie das Wetter war, schaute man aus dem Fenster oder fragte den Nachbarn. Heute aber ist es der wichtigste Infotainment-Bestandteil einer jeden Nachrichtenshow und beansprucht 60% des Wortanteils aller bundesdeutschen Radiostationen. Keine Stunde vergeht, ohne daß man zwischen Phil Collins und Genesis von einem berufsverblödeten Moderator mit hirnrissigem Informationsmüll belästigt wird und erfahren muß, wie letz-

ten Freitag um zwölf die Ortstemperaturen der unbedeutendsten Plätze zwischen Harsewinkel und Hundeweiler waren. Selbst die Nennung der Schuhgrößen aller Frührentner in Bottrop wäre noch sinnvoller, aber für das bescheuerte Wetter gibt es inzwischen sogar einen ganzen Kanal, wo rund um die Uhr erzählt wird, ob es im Emsland schifft oder auf Kreta nieselt.
Um der Dummheit der Welt aber noch die Krone ins Gesäß zu bohren, gibt es jetzt endlich auch die *gefühlten Temperaturen*! Ja meine Fresse – von wem denn gefühlt? Von einem arbeitslosen polnischen Gebrauchtwagenhändler nackt auf einem Kartoffelacker oder von Tante Trulla mit Persianer-Schlüpfer und dem Arsch auf der Heizung? Da man Temperaturen nur messen aber nicht fühlen kann, wahrscheinlich ermittelt von freiwilligen Hämorrhiden-Patienten mit Barometer im Hintern und Thermometer am Schniedel, die dann nach Hause faxen, daß es nachts kälter ist als draußen. Als nächstes geplant: die geahnte Temperatur, die befürchtete Temperatur, die Vorhersage für die Werte von gestern, das Wetter für Tiere, für Kinder, für Frauen und für Schnauzbartträger, vorgetragen als Schüttelreim von einem einarmigen Jongleur mit Sprachfehler und lustigem Partyhütchen. Ich gebe zurück in die Anstalt, weiter mit dem Wetter!

WAS VOM WAHNSINN ÜBRIGBLIEB ...

Es ist vorbei. Fast schon vergessen. So scheint es jedenfalls. Die Welt ist am Ende, der Humor getötet. Mehr als drei Wochen ist es nun bereits her, aber noch immer habe ich den bitteren Geschmack von Konfetti und Luftschlangen im Mund. Rieche den fauligen Mief von schalem Scherz und abgestandenem Witz. Karneval wird nie wirklich vorüber sein, auch nicht am Aschermittwoch. Er schläft nur. Es ist ein Virus, das nie besiegt werden kann, eine fieberhafte Verblödung, ein periodisch wiederkehrender Wahnsinn.

Während die letzten Überlebenden der Stimmungskatastrophe noch aufatmen und die verbliebenen Gehirnzellen ordnen, wird andernorts bereits neues Grauen geplant, neue Idiotie geboren. Und schon am 11.11. werden die Armeen des Frohsinndiktats erneut aufmarschieren, im Gleichschritt durch die Straßen ziehen und jeden, der es wagt gegen den Strom zu schunkeln, mit dreifach donnerndem Helau niederstrecken. Das erbarmungslose Heiterkeitsregiment der Elf Monkeys – oder auch ›Elferrat‹, wie sie sich selber nennen – wird wieder alle Mitinfizierten der Faschingskrankheit dazu aufrufen, sich in bizarr anmutenden Gruppentherapien namens Prunksitzung zu treffen und diese möglichst auch noch im Fernsehen übertragen zu lassen. Und dort wird es wie immer gelingen, durch sterile Ausgelassenheit streng

nach den Statuten der großdeutschen Witzordnung das Aufkeimen jeglichen spontanen Frohsinns im Keim zu ersticken. Gelacht werden darf nur, wenn etwas nachweisbar nicht lustig war, und auch dann nur nach Ertönen des akustischen Befehlssignals.
Aber wir alle haben selber schuld. Keiner von uns hat die Krankheit ernstgenommen. Nicht einmal die häßlichen Straßenumzüge, in denen die Betroffenen zu Verständnis und Mitgefühl aufriefen und Solidaritätskamelle in das Publikum warfen, ließen uns verstehen. Als die Infektion zum ersten Mal bei englischen Rindern, außerirdischen Beamten und Kölner Sparkassenangestellten auftrat, lachten wir nur über die Symptome: akneartiger Pappnasenwuchs, maßloser Alkoholkonsum in der Hoffnung, die Überträger abtöten zu können, sowie unkontrollierbarer Drang zu Polonäsenbildung mit anderen Patienten. Wir hätten es erkennen müssen. Wir hätten reagieren müssen! Vielleicht hätte man die Ausbreitung des Virus verhindern können, wenn man rechtzeitig Köln und das Rheinland gesprengt hätte ... aber jetzt ist es zu spät. Alaaf, liebe Welt! Ruhe in Frieden. Tusch. Narrhalla-Marsch.

WARUM?

Diese Frage stellt man sich heutzutage viel zu selten. Irgendwie scheinen wir einfach alles hinzunehmen, ohne jemals nach dem Grund zu fragen. Früher in den Sechzigern, ja da war man noch rebellisch und kritisch, da war fragen so wichtig, daß sogar die Antwort egal war. In den Siebzigern fragte man auch noch so einiges, meistens allerdings nur ›Haste Bock?‹ und danach ›Warum denn dann nicht mit mir?‹, und in den Achtzigern wurde nicht nur simpel gefragt, sondern meistens sogar noch hinterfragt! Aber in den Neunzigern kaufte sich dann jeder ein Handy und alles war vorbei. Warum? Weiß ich auch nicht, hat wahrscheinlich auch gar nichts miteinander zu tun.
Dabei gibt es so viele Warums auf der Welt, die mich beschäftigen, und auf die ich einfach keine Antwort finde. Warum zum Beispiel fällt Dolly Buster nicht vornüber, wenn sie steht? Warum macht Jürgen Fliege eine Fernsehsendung und steht nicht mit dem Wachturm vor Karstadt? Warum verzettelt sich Hera Lind mit soviel verschiedenen Tätigkeiten und wird nicht gleich Gott? Warum wird die Warze von Peter Maffay immer größer, er selbst aber immer kleiner? Warum macht Ilona Christen Werbung für Waschmittel, aber Vera am Mittag nicht für

Winterreifen? Warum kann Komissar Rex verzwickte Kriminalfälle lösen, aber noch nicht einmal alleine eine einfache Dose Chappi öffnen? Warum werden in England Millionen wahnsinniger Rinder geschlachtet, aber hier nicht einer der Teilnehmer am Kölner Karneval? Warum kocht Biolek immer im Fernsehen und kauft sich nicht endlich eine eigene Küche? Warum gibt es draußen nur Kännchen? Warum hat SAT 1 bald mehr tägliche Talk-Shows als Zuschauer? Warum macht man doofe Blondinen-Witze, obwohl Verona Feldbusch dunkelhaarig ist? Warum wiederholt Barbara Eligmann täglich 12mal, daß sie Barbara Eligmann heißt, obwohl das noch nie jemand wirklich angezweifelt hat? Warum guckt Ulrich Meyer immer so verkniffen, als ob er eine zu enge Unterhose anhätte? Warum ist Handtaschenraub strafbar, die GEZ aber legal? Warum wird in Kneipen um 23 Uhr die Kaffeemaschine ausgestellt? Warum lernt keiner, wie man sie wieder anmacht? Warum können Frauen äußerst anmutig gehen, aber nicht unfallfrei fahren? Warum halten mich jetzt schon wieder viele für einen miesen Chauvinisten, wo ich doch nur Fakten nenne? Warum kann Dieter Bohlen sprechen, ein Cockerspaniel aber nicht? Warum ist meine Kolumne jetzt schon zu Ende, obwohl ich noch so viele Fragen habe? Und warum gehe ich nicht endlich in Therapie, anstatt immer so einen Müll zu schreiben? Ich weiß es wirklich nicht.

ES WIRD FRÜHLING!

Ich weiß nicht, aber irgendwie glaube ich, Dolly Busters Knödel sind größer geworden! So kommt mir das jedenfalls vor. Ich kann mich auch irren, möglicherweise ist nur ihr T-Shirt eingelaufen. Vielleicht sollte ich mich mit meinem Fernglas auch einfach nicht immer so dicht vor den Fernseher setzen, das verzerrt, und außerdem ist dann immer der ganze Bildschirm voller Sabber. Aber ohne Scheiß – ich glaube, das liegt am Frühling, daß die Buster'schen Bollermänner sich aufgepustet haben. Das macht die Jahreszeit – da rasseln die Hormone, da schwellen die Drüsen, da bläht das Silikon. Röcke werden kürzer, Hosen an manchen Stellen enger, und manch einer will wieder viel öfter, als er kann. Mindestens genauso deprimierend wie im Herbst, wo man immer kann, aber eigentlich gar nicht will. Doch ich schweife ab. Im Frühling wachsen allerdings nicht nur Krokusse und keckes Kopulationsbegehren, sondern auch jede Menge neuer Sendungen aus dem Düngeteppich der medialen Schrebergärtner. RTL zum Beispiel gräbt seit einiger Zeit die fauligen Uralt-Witze aus, die bei Samstag nacht auf den Müllhaufen geschmissen wurden, läßt sie von ein paar ulkigen Knallnasen unlustig heruntereiern und nennt das moderige Scherz-Recycling *Happiness.* Clever kalkulierter Comedy-Kompost, stinkt aber trotzdem.

Die erst kürzlich eingepflanzten Laber-Show-Ableger blühen auch schon ganz erquicklich. Auf Pro 7 dümpelt *Talk X* – eine Mischung aus überirdischen Phänomenen und unterirdischem Schwachsinn – und der rotschopfige Bärbel-Klon *Sonja* komplettiert mit ihrem Pumuckl-Talk hinter *Kerner* und *Schwera* auf dem Drücker-Sender Sat 1 den ultimativen Schwafel-Show-Hattrick. Apropos: Vera Ammittag (blöder Name!) keimt jetzt auch abends mit einem neuen *Verarschte-Verbraucher-lassen-mal-so-richtig-Dampf-aus-der-Bluse-Magazin* mit dem selbstreferentiellen Titel *Jetzt reicht's!*. Gut, uns schon lange, aber sie hört trotzdem nicht auf!
Auf der gleichen Welle wuchert auch wieder die propere Britta von Mopsjewski mit einem weiteren unerwünscht überflüssigen Spieleabend für die ganze doofe Familie. So eine Art kotzniedlicher Knuddelfamily-Contest aus dem Käsefondue-Set von John de Mol namens *Junges Glück*: würgfröhliche Jung-Yuppie-Rudel messen sich im Eierlaufen ohne Löffel und schleimen um die Wette – und die, bei denen einem vor Ekel am übelsten wird, zocken noch ein volles Sparbuch für den nervigen Nachwuchs ab. Wahrscheinlich eine Dauerwerbesendung für Mittel zur Empfängnisverhütung. Hoffentlich wird bald wieder Winter!

DIE ÜBLICHEN VERDÄCHTIGEN

Kennen Sie diese Situation: Sie wollen sich einen lauwarmen Kaffee aus der betrieblichen Herstellungsanlage für Magenkrebsbrühe holen, treffen dort einen weitläufigen Kollegen und beginnen eine jener unverbindlich sinnentleerten Konversationen – auch liebevoll *Pläuschchen* oder *dummes Geschwätz* genannt – um auf heitere Weise die quälend lange Zeit der plörrigen Tassenfüllung zu überbrücken. Da plötzlich zwischen Wie geht's? und dem

Wetter fällt der Satz: »Gestern lief vielleicht ein Scheiß im Fernsehen!« – und ohne weitere Information denkt man »Hat Koschwitz schon wieder eine neue Show?« Das ist eine ganz einfache Assoziationskette, wie bei Pawlows Köter: schlechte Show, Koschwitz, Hamster TV, Schwindelgefühl, Klingeln im Kopf, Speichelfluß – und schon steht man da, sabbert auf den Teppich und hat Appetit auf Würstchen.
Dabei weiß man gar nicht, ob er die erwähnte Sendung wirklich begangen hat, vielleicht hat Koschi ja ein Alibi, saß zu Hause und stopfte sich Erdnüsse in die Backen. Aber man vermutet es erst einmal, nur weil er wegen diverser minderer Unterhaltungsverbrechen vorbestraft ist. Das ist unfair. Tragischerweise leiden viele unter solchen Vorurteilen. Wenn einer sagt: »RTL hat so eine gefloppte Show abgesetzt« lautet die Erwiderung: »Was hat Frank Elstner denn schon wieder gemacht?«; meint jemand: »Ich habe am Wochenende *Verstehen Sie Spaß* mit Hallervorden gesehen« antwortet man betroffen »Oh mein Gott, das tut mir leid!«, und wenn ein Mann behauptet, »Verona Feldbusch, das ist doch eine charmante und clevere junge Dame!« dann weiß man über ihn: geil und taub, aber gute Augen! Selbst wenn die brünette Blondine eines Tages durch Zufall beim Kochkurs die Formel für Gold aus Pfanni-Knödeln entdeckte, niemand würde ihr glauben – nur weil es nicht ins Klischee paßt. Von Lippert erwartet man einfach dusseliges Grinse-Gebrabbel mit gelegentlichen Grabschgriffeinlagen, da wäre man enttäuscht, wenn der die Hand in der eigenen Hose ließe. Man wäre als Zuschauer irritiert, von Elmi Hörig einen Witz mit Pointe zu hören, oder von Babsi Eligmann eine Geschichte, die wahr ist. Stellen Sie sich nur einmal vor, das ZDF würde eine Sendung machen für Leute unter 75, die ARD nicht über Geldmangel jammern, oder Jürgen Fliege nicht pausenlos schleimige Betroffenheit heucheln – dann könnte man den ollen Schweinepriester wahrscheinlich überhaupt nicht mehr ertragen! Manchmal können Klischees eben auch schützen.

SINGEN FÜR GOTT UND VATERLAND

Wer früher auf dem Feld der Ehre fiel, der tat dies durch die bleierne Kugel aus einer schurkischen Haubitze, im Scharmützel gegen die Armeen des Feindes, ehrenvoll für Freiheit und Vaterland. Man war tot, aber trotzdem gut drauf, denn es war ein ehrenvoller Abgang. Wer heute für sein Land in den Wettkampf schreitet und verliert, der überlebt vielleicht, fühlt sich aber beschissen.
Wie beispielsweise beim *Grand Prix de la Chanson*: nennen Sie mir einen Künstler, der sein furioses Vergeigen im internationalen Lala-Messen aufrecht überstanden hätte! Gut, da war Nicole, das goldgelockte Frollein-Wunder der aufblühenden Achtziger, mit ihrer gesungenen Anfrage nach einer Tüte Frieden, die uns damals den verdienten Sieg des Kitsches in die Wohnzimmer brachte und das rührselige Herz des germanischen Schlageranbeters zu Butter in der Hose schmelzen ließ. Aber sonst? Man erinnere sich nur an Stone & Stone, die uns 1995 den legendären Malta-Punkt des Mitgefühls erjammerten und daraufhin vom enttäuschten Publikum mit kommerzieller Nichtachtung gestraft wurden. Oder der arbeitslose Friseur-Azubi Leon im letzten Jahr – eigentlich hatte er alles, was einen Grand Prix-Hit ausmacht. Ein aufgewecktes

Grinsen, zottelige Pudelfransen, einen Titel mit plumper Öko-Message und einen albernen Zappeltanz wie der Michael Jackson-Imitator im Heide Park Soltau. Aber dann ließ man ihn an der Euro-Hundeshow noch nicht einmal teilnehmen! Das ist bitter, selbst für Lassie. Dieses Jahr versuchte er es dann noch einmal mit dem Titel *›Meine kleine Taschenlampe hab ich immer dabei‹* (auf deutsch: *Mein Pimmel leuchtet im Dunkeln*) – und während man hoffte, er würde auch dieses mal die Vorausscheidung gewinnen und uns damit Schlimmeres ersparen, wurde er von ›Bianca‹ überholt – dem frischgeklonten Nicole-Ableger aus der bewährten Siegel- und Meinunger-Schmiede des Retorten-Singsangs. Möglicherweise lag es am Teilnahme-Abo der beiden, vielleicht aber auch einfach an der Veranstaltung selbst: ›Vorausscheidung zum Grand Prix‹ … *Vorausscheidung* – ich glaube, das kommt aus dem Medizinischen und hat irgend etwas mit Inkontinenz zu tun. Oder Inkompetenz, genau weiß ich das nicht mehr. Auf jeden Fall wird gedrückt, bevor die Hose unten ist – und am Ende hat Deutschland wieder einmal verkackt. Scheiß-Patriotismus!

DAS FERNSEHEN STINKT!

Der Mensch hat so ungefähr pi mal Daumen fünf Sinne. Er kann sehen, hören, tasten, schmecken und riechen, letzteres sogar schlecht oder gut, macht schon sechs. Das ist für einen Außenstehenden erst einmal beeindruckend. Aber der Mensch an sich ist nun mal ein ganz toller Hecht, und auf dem Höhepunkt seiner Entwicklung beschloß er daher, etwas zu erfinden, das ihn sowohl auf nostalgisch-charmante Weise ein paar Stufen in der Evolutionsgeschichte zurückführen als auch auf einen Schlag möglichst alle seiner Sinne ansprechen sollte: das Fernsehen! Man kann es sehen und hören, wenn man will sogar gleichtzeitig, und wer Hera Lind kennt, der weiß, daß das nicht unbedingt ein Vorteil sein muß. Man kann den Tastsinn auf der Fernbedienung spazierenführen und sich dabei fühlen wie Lippert im siebten Fummelhimmel, und wenn die Programme nicht allesamt so geschmacklos wären, könnte man sogar den Gaumen mit ihnen verwöhnen.
Nur mit dem Riechen klappt es noch nicht so ganz. Wieso eigentlich nicht? Ich erinnere mich daran, daß RTL einst versuchte, bei *Tutti Frutti*, dem vitaminreichen Tittenmagazin für Hobby-Onanisten, die Möpse sogar in 3-D wippen zu lassen. Wie schön wäre es doch gewesen, hätte es

dem Zuschauer beim unkoordinierten Kleiderabwurf der frischen Fruchtsalat-Frauen auch noch den passenden Duft von Kiwi, Erdbeere, Rettich oder Makrele in die offene Hose geweht. Doch andererseits: was wäre dann mit Hugo Egon Baldrian gewesen? Wie riecht Langeweile? Oder Dummheit? Wahrscheinlich irgendwie nach Geld, und das stinkt bekanntlicherweise nicht. Aber egal, stellen Sie sich mal vor, was noch alles möglich wäre. Man könnte die Zwiebel im Ausschnitt von Schreinemakers riechen, wenn die Krokodilstränen sie benetzen, oder diese bekannt lieblich-muffige Mischung aus Haftcreme, Mon Cheri und Mottenkugeln, wenn Hans Meiser in die Kamera haucht. Ich erinnere mich auch, daß ich einst nach einem verdienten Scherz über Viva von einem kleinen Pubertätsanwärter gefragt wurde: »Sag mal, die Heike Makatsch, stinkt die?« – »Nur wenn sie Zeit hat«, antwortete ich, hatte aber eigentlich nur geraten.

Je mehr ich darüber nachdenke ... möchte ich eigentlich wirklich, daß meine ganze Wohnung nach altem Käse und DeKuyper müffelt, wenn ich versehentlich mal Carrell gucke? Oder nach läufigem Puma, wenn bei Bärbel Schäfer das Deo versagt? Oder daß Vera am Mittag aus der Werbepause zurückkehrt mit den Worten: »Entschuldigen Sie, aber ich habe gerade gepupt?« Ich glaube, ich muß mal lüften ...

DIE ENTSTEHUNG DES FERNSEHENS

Schon ganz ganz früher, als die Erde sich gerade aus ein paar ziellos durch das Weltall streunenden Atomen selbst geknallt hatte, und noch lange bevor alleinstehende Einzeller frustriert zu den ersten *Fisch sucht Fahrrad*-Partys im Urschlamm aufriefen, hockten ein paar bekiffte Amöben beieinander und überlegten, ob es nicht lustig wäre, anderen doofen Amöben Produkte zu zeigen und sie die Preise raten zu lassen. Da es aber noch keine Holländer gab, konnte die Idee vorerst nicht realisiert werden. Trotzdem ahnte die Welt bereits damals, daß es eines Tages das Fernsehen geben würde!

Niemand wußte genau, wann und wie der mediale Evolutionsblocker in Erscheinung treten würde, aber jeder wollte vorbereitet sein. Adam und Eva verließen den Garten Eden nicht wegen jenes kleinen Kernobst-Fauxpas an Mutterns Obsttag, sondern weil der Kabelanschluß fehlte. Die Ägypter bauten ihre spitzen Bungalows nicht als Besenkammer für die abgenibbelten Pharaonenwickel, sondern als steinerne Satellitenanlagen. Kaiser Nero gar ließ ganz Rom niederbrennen, während er in seinem Palast schmutzige Lieder sang und auf das Team von *Explosiv* wartete. Und vermutlich saß zur gleichen Zeit ein Ururenkel von Thoma lachend im Colosseum

beim *Christen-Alfredissimo*, senkte den Daumen und plante die erste *100.000 Mark-Show* sowie die Verleihung des Goldenen Löwen.
Medien-Anthropologen glauben, die Entstehung der Laute und der Sprache beruhe letztendlich auf der simplen Tatsache, daß das Glücksrad ganz ohne Vokale auf Dauer einfach zu langweilig gewesen wäre. ›Ereignis mit 11 Buchstaben – Grmpftlbmpf‹ macht nun mal nicht viel her für die Werbekunden. Und falls Sie sich fragen, wie wohl die ersten Versuche des Homo sapiens aussahen, halbwegs aufrecht zu gehen, dann schauen Sie sich einfach mal Dieter Bohlen beim Gitarrespielen an.
Die Menschheit erhob sich aus dem Schleim, errichtete Kathedralen, erfand den Buchdruck, den Eierkocher und das Fernsehen – alles in nur wenigen tausend Jahren. Von der Amöbe zum Holländer war es letztendlich nur ein kleiner Schritt, die Pest wurde besiegt, aber dafür kamen die Game Shows. Alle Visionen von einst sind inzwischen Realität, der Wahnsinn kann via Ätherwellen die Welt umwandern, und in nur einer einzigen Folge der *Volkstümlichen Hitparade* ist es dem Zuschauer heute sogar möglich, die gesamte Evolutionsgeschichte noch einmal rückwärts zu durchleben. Lang lebe das Fernsehen!

MÄNNER

Männer sind schon was Tolles. Ich weiß wovon ich rede, ich bin selbst einer. Männer sind stark, können autofahren, anderen Männern eins aufs Maul hauen, wenn sie aufmucken – und nichtsdestotrotz können sie auch Gefühle zeigen und sentimental sein. Schade nur, daß sie dafür meistens singen müssen, denn gerade das können die meisten von ihnen nun mal leider nicht.

Nehmen wir z.B. mal Heini Lauterbach, den sympathischen Mega-Macho mit dem Dreitagehirn und der Sexversprühenden Halbglatze über der Charakterfresse. Ein guter Schauspieler, keine Frage, ein passabler Viel-Frauen-Begatter, das liest man – aber wo sind die Emotions, die Feelings, die weiche Delle unter der rauhen Schale? Um auch mal diese gefühlvolle Seite aus der Hose zu lassen, muß er halt eine CD machen. Und wenn er dann so auf dem aufgeplatzten Barhocker sitzt, mit rauher Zärtlichkeit an seinen Whisky-gewichsten Stimmbändern zupft und dabei zärtlich den Mikrofonständer begattet, dann schaut sicherlich so manche Frau auf den fetten Sack, der neben ihr furzend das Bier über das Sofa schüttet, und denkt: »Was für ein uninteressantes Arschloch ich doch habe!« Okay, Heintje Lausebach nimmt auch Männlichkeitspillen und wirbt daür sogar seitenweise in der Bild, aber selbst ohne die Schwanzus-Longus-Kapseln bereichert seine windbeutelige Westernhagen-Parodie ihm sein Image doch um jenen gewissen soften Touch, die das coole Arschloch vom richtigen Mann unterscheidet.

Das wissen wir echten Kerle spätestens seit Grönemeyer, der seine Filmkarriere sogar zugunsten des Knödelrokkens komplett an den Nagel hängte. Und inzwischen hat ja fast jeder Schauspieler schon seine hormonelle Notenfolter auf CD gewürgt, von Volker-ich mag Caro Kaffee-Lechtenbrink über Uwe Ochsenzoll bis zu jedem dritten Schleimspacken aus *Beschissene Zeiten – Schlechte Zeiten.* Männer, die singen, beißen nicht – das fühlt auch die Frauenwelt, und das macht sie scharf. Balladen hüsteln oder Schweiß abrocken, das ist für den gefühlsgebeutelten Typen quasi das gleiche wie der Klöppelkurs oder die Tupperparty für die frustrierte Hausfrau, nur halt etwas lauter. Schön, wenn man sich so ausleben kann. Gerade als Mann. Und wenn es irgendwem nicht gefällt, kann man dem immer noch eins aufs Maul hauen!

FRAUEN

Glaubt man der Bibel, so war die Frau im großen Schöpfungsplan zuerst gar nicht vorgesehen. Der Mann allein hätte eigentlich vollkommen ausgereicht, um alles zu vergeigen, aber leider wurde ihm langweilig und er hatte einfach keinen Bock mehr, andauernd nur an sich selbst herumzugrabbeln. Deshalb schnippelte er flinkerhand eine überzählige Rippe aus seiner Seite und bestellte sich dafür aus Thailand eine Frau. So oder änlich soll das gewesen sein. Allerdings war der liebe Gott mit dieser Sonderlieferung am Wochenende wohl doch ein wenig überfordert, denn er sandte Freund Adam eine noch ziemlich unausgegorene Mensch-Variante als Partner: ein Pimmel zuwenig,

viel zuviele Brüste und genetisch bedingte Wahnvorstellungen, wie z.B. der Irrglaube, in der Fußgängerzone tot umzufallen, wenn man nicht mindestens zehn Minuten an jedem Schuhgeschäft stehenbleibt. Ein Blick auf die weiblichen Chromosomen beweist auch heute noch ganz eindeutig die Mangelhaftigkeit des Modells: zweimal X, das heißt zweimal durchgestrichen – sollte also eigentlich noch mal überarbeitet werden.

Trotzdem schaffte es die Frau, ihren Platz auf der Welt zu behaupten. Konnte der Mann schon immer besser gukken als denken, so machte sie sich diese Schwäche zunutze und konnte schon bald besser aussehen als autofahren. Mit ein paar gezielten Pinselstrichen um Mund und Augen und der Erweiterung des Dekolletés in reziprokem Verhältnis zur Kürzung der Rocklänge gelang es ihr, selbst die verschachtelten Gehirnwindungen eines Nobelpreisträgers in Sekundenschnelle auf einen einzigen rudimentären Rammelimpuls zu reduzieren. Es läßt sich halt nicht leugnen – jeder Mann guckt ab und zu mal *Baywatch*, aber der Intellektuelle dreht wenigstens den Ton ab!

Inzwischen hat die Frau den Mann auf der Erfolgsspur längst überholt. Verona Feldsalat hat gezeigt, wie man durch einfaches Nicht-kochen-können und sich-scheidenlassen zum Medienstar werden kann. Ein Supermegaweib wie Hera Lind kann gleichzeitig Kuchen backen, eine Talk-Show leiten, ein Buch schreiben und Zwillinge gebären. Und der tschechische Nuklear-Tittenbomber Dolly Buster beweist, wie leicht man defizitäre Schulbildung durch ein paar Zentner Silikon in der Bluse wieder ausgleichen kann.

Akzeptieren wir es: Männer werden nicht mehr wirklich gebraucht. Frauen können allein ihr Geld verdienen, ohne unsere Hilfe Bier trinken, Fußball gucken und im Notfall sogar einen fahren lassen. Und irgendwann – nur um uns endgültig zu demütigen – werden sie anfangen, im Stehen zu pinkeln. Frauen können so gemein sein …

KINDER

Wer eines Tages einmal eine erfolgreiche Frau mit nahezu unfühlbar-sportiver Slip-Einlage, den weltweiten Wetterverhältnissen strotzender Dauerwelle und eigenem Business-Handy werden möchte – oder auch ein erfolgreicher Mann mit nahezu spürbar-soft-shavender Doppelklinge, animalisch geilmachendem Achselschweißhemmer in der Armbeuge und einer eigenen Frau mit coolcoloriertem fun-Handy – der muß auf dieser Erde zuvor eine langjährige Existenzlehre namens Kindheit hinter sich bringen. Denn wie beim Fliesenleger und Bankkaufmann handelt es sich auch bei der Menschwerdung im Grunde genommen um einen klassischen Ausbildungsberuf.

Achtzehn Jahre dauert die Daseins-Schulung bis zum Volljährigkeitsdiplom. Angefangen vom simplen Einführungskurs »Wie kriege ich den Brei in die Einfüllöffnung ohne zwei Drittel der Plörre auf meiner Rübe zu verteilen?« über das »Aha, so geht also die Hose auf und der Videorekorder an!«-Seminar bis hin zum häufig überschätzten Pubertäts-Praktikum, während welchem vom Probanden vor allem die effektivere Verwendung einiger bislang eher unspektakulär genutzter Körperregionen und das geräuschlose Ausdrücken von Gesichtsakne gelernt wird.

Scheint auch das minderjährige Lebewesen in vielerlei Hinsicht für große Teile der industriellen Welt der Großen und Bedeutenden auf den ersten Blick eher uninteressant, so ändert sich dies spätestens durch seinen Eintritt in die Fernbedienungsreife. Ist das Kind erst einmal in der Lage, von selbst die *Bumskopp-Rangers* oder die aufgeblasenen Entenärsche im *Disney-Club* anzuzappen, kann man es wenigstens zur Quotenproduktion gebrauchen und ihm außerdem noch das kleine Knuddelhirn schnell und einfühlsam mit überflüssigen Werbebotschaften vollknüppeln. So sitzen denn also desillusionierte Frührentner, alkoholsüchtige Sozialpädagogen und geschiedene Redaktionsassistentinnen zusammen und grübeln zwischen den Kaffeepausen, wie man erfolgreich die Kleinen verarschen kann. Und noch ehe Mama dreimal gekräht hat, daß die *Sendung mit der Maus* doch viel lehrreicher ist, liegt schon Barbies neues Freibankpony oder die dritte *Schlümpfe spielen Rachmaninow*-CD im Einkaufswagen. Aber eins sollte man bedenken: Elefanten vergessen nie – und Kinder haben auch ein ganz gutes Gedächtnis. Der hilflose Konsum-Knirps, der heute vom profitgeilen Programm-Macher verblödet wird, ist vielleicht schon morgen dessen Sachbearbeiter beim Ausfüllen des Rentenantrags! Gerechtigkeit braucht manchmal eben etwas Zeit …

Wenn die liebe Sonne lacht ...

... dann werden die Menschen seltsam. Ganze Horden bleicher Wohnzimmer-Zombies mit eingecremten Nasen und kneifenden Khaki-Hosen verlassen ihre liebevoll eingemüffelten Butzen, um mit ihrem Anblick die Natur zu erschrecken und bei entspannenden Spaziergängen vielleicht noch ein paar alte Batterien zu entsorgen. Am schorfigen Strand des zugestrullten Baggersees liegen sie rotglühend auf alten Küchenhandtüchern, schmieren sich parfürmiertes Schweinefett mit Sonnenstichfaktor 2000 auf die schwitzigen Körper oder spielen Wasserball mit Opas aufgeblasenem Katheterbeutel. Auf den Terrassen der Konditoreien riecht die Luft wieder nach Kölnisch Wasser, und alte Damen in luftundurchlässigen Sommerkostümen versuchen, Wespen von der Sahnetorte zu verscheuchen und zu begreifen, warum sie draußen plötzlich nur noch Kännchen serviert bekommen. Und in zu Reisebussen umfunktionierten Schlachtviehtransportern mit defekten Chemie-Toiletten werden hunderte magen-darmkranker Hobby-Alkoholiker zu den Talsohlen der menschlichen Zivilisation gekarrt, um sich dort mit Gleichgesinnten an klebrigen Strandbars das Resthirn aus dem Schädel zu fluten. Herrlich, dieser Sommer! Und sogar die Fernsehmacher zieht es nach draußen. Wer nichts zu wiederholen hat und zu blöd ist fürs Testbild, der macht eine Open-Air-Show nach dem Motto »Langeweile unter freiem Himmel«, denn irgendwie scheint man dem Irrglauben erlegen zu sein, daß Konzeptlosigkeit an der frischen Luft nicht ganz

so auffällt wie drinnen. *Sommer, Sintflut, Sat 1* heißt beispielsweise der peinliche Grillabend der Kogel-Knirpse mit Moderationswürstchen Jörg Wontorra, der am Strand von Weißnichwo einmal mehr seine grellen Sakkos spazieren führt und dabei hofft, endlich ins Guiness-Buch der Rekorde für »die meisten überflüssigen Sendungen, die ganz schnell wieder eingestellt wurden« zu kommen. Kräuterhexe Ramona Leiß gräbt wie schon seit hundert Jahren jeden Sonntag zur Altenheim-Prime Time den ZDF-Fernsehfriedhof um, trampelige Trachtengruppen süddeutscher Eingeborenendörfer veranstalten primitive Fruchtbarkeitstänze zur Sonnenjodelwende, ja selbst Trommelfell-Domina Arabella lädt zum lockeren »Beach-Talking« und bräunt sich mit ihren Gästen bei zwang- bis hirnlosen Plappereien über Pimmelpiercing und Tittenlifting.
Sie sehen: selbst im Urlaub ist niemand mehr sicher! Vielleicht lauert schon hinter der nächsten Palme Carolin Reiber im Kokosschalen-BH oder Koschwitz im Bananen-Tanga mit einem Sat 1-Team – denn wenn Sie nicht freiwillig zuschauen, dann kommt das Fernsehen zu Ihnen. Schöne Ferien!

IM NAMEN DER GERECHTIGKEIT

Jedes Land der Erde hat seine eigenen Gesetze. Wenn in Bagdad im Aldi ein arbeitsloser Großwesir eine Dattel vom Grabbeltisch mopst, so darf man ihm dafür 20 Minuten lang eine Standpauke halten und ihm danach beide Hände abhacken. Wenn hingegen in Amerika ein Mann einem anderen beim Boxen nicht, wie es sich unter zivilisierten Menschen gehört, eins in die Schnauze haut, sondern ihm schwuchtelig am Ohr knabbert, so ist dies zwar eine Unverschämtheit, andererseits aber doch nur Mundraub, insofern er wirklich Hunger hatte. In Frankreich darf man sogar ungestraft stehend in Löcher im Boden kacken. Bei uns würde dies zumindest als eine Sauerei angesehen, dort drüben ist man schon froh, wenn die Bürger überhaupt alleine die Hose aufkriegen.

Nennen Sie bei uns eine Game-Show aus dem Souterrain des menschlichen Kreativzentrums, in welcher ein schizoid kreischendes Publikum im Herdenwahn trampelnd Kandidaten applaudiert, die den korrekten Preis einer Tüte Kartoffelpürre erraten können, eine »*Idiotensendung*«, so vermag dem inhaltlich kaum jemand zu widersprechen. Trotzdem kann diese persönliche Einschätzung der Reallität ausreichen, um die Zeit der Gerichte einige Instanzen lang von wichtigeren Problemen abzuhalten. Seltsamerweise ist es im Gegenzug aber nicht möglich, den Produzenten oder Moderator, der einem mit seiner beschissenen Sendung kostbare Freizeit gestohlen hat, wegen unterlassener Qualitätsleistung zu belangen.

Wo bleibt da die Gerechtigkeit? Wann werden die Zuschauer endlich beginnen, die Fernsehsender für ihren geistigen Sondermüll wegen intellektueller Umweltverschmutzung anzuzeigen? Wird es jemals erlaubt sein, den Spastlruther Katzen für ihr winselndes Gejaule die Klöten abzuknipsen oder die Kelly Family auf einem öffentlichen Marktplatz zu waschen und zu seifen? Gibt es keine rechtlichen Mittel gegen einen medialen Affenfurz wie *»Kommissar Schimpanski«*? Und wieso kann ich einen Radiosender, der mir alle 10 Minuten zwischen seinen musikalischen Dinosaurierknochen aus dem Paläozoikum damit in den Ohren liegt, daß er die tollsten Superhits der letzten 10.000 Jahre hat, nicht gerichtlich dazu zwingen, auch endlich einmal einen davon zu spielen? Darf die Intelligenz des Publikums wirklich auf ewig ungestraft beleidigt werden? Justitia, die Blinde Kuh mit der kaputten Fleischerwaage und dem Duschvorhang über der Schulter, hat längst den Überblick verloren, und als Selbstjustiz bleibt nur noch der Abschaltknopf. Die Welt ist nun einmal nicht gerecht. Einspruch abgewiesen!

WELLEN

Oh, du wunderbare Welt der Sprache! Während sich Gelehrte, Politiker und Legastheniker über die geplante Rechtschreibreform streiten und diskutieren, ob man *Käfer* in Zukunft mit F oder VW schreiben soll, wundert sich niemand, wie sehr sich doch ganz unbemerkt der Sinn von Worten im Laufe der Zeit verändern kann.
›*Geil*‹ z.B. war noch vor Jahren ein von der feineren Gesellschaft eher verschmähtes Adjektiv, das eine unschöne, wenngleich auch nicht unbekannte sexuelle Notdurftsituation mit Erregungspotential umschreiben sollte. Heute ist es eine harmlos-knuffige Alltagsfloskel, die nicht mal mehr der Oma des Papstes eine Schamesröte auf die Wange zaubert, und auch der Heranwachsende wartet bei ihrer Aussprache vergeblich auf eine Ohrfeige aus Mutters liebender Hand.
Mit ›*Tschö*‹ verabschiedete man sich früher nur, wenn man stark lispelte und deshalb lieber auf den letzten Konsonanten verzichten wollte oder unter enormem Zeitdruck stand. Heute will man damit sagen, daß man trotz möglichen Hirnzellen-Mangels verdammt cool ist und schon mal in Köln war.
Ganz ähnlich verhält es sich mit ›*Wellen*‹. Als ich noch jung war, damals im kulturellen Pleistozän, meinte dieses Wort nichts anderes als bewegtes Wasser. Etwas, das an den Strand plätscherte und wo man Kieselsteine oder alte Batterien reinwarf. Man konnte ihnen lauschen, sich da-

bei entspannen und zuschauen, wie sie dem Menschen eine frische Brise, Schlick oder halbverweste Seehunde an Land mitbrachten. ›Reiten‹ konnte auf ihnen nur der braungebrannte Surf-Lehrer mit Genital-Goldkettchen und Drei-Tage-Brusthaar, und das auch nur, um dadurch möglichst viele Mädels für private Nachhilfestunden im heimischen Kopulationszentrum gewinnen zu können. Eine Welle machten beizeiten auch mal ein paar tausend besoffene Schalke-Fans im Stadion oder in der Schlange bei Aldi, und manchmal ließ man sich beim Friseur eine dauer-selbige machen, um das Haar zu kringeln.
Heute sind Wellen in erster Linie eine unsichtbare Macht des fortschreitenden Kommunikationszeitalters, ein mysteriös körperloses Transportmedium, das uns Radioprogramme mit ewig gleicher Kaufhaus-Lala in das Küchenradio beamt, Maren Gilzer beim Buchstabenumdrehen auf den Schirm zaubert oder uns bei anderen Leuten unwichtige Nachrichten auf Anrufbeantworter sprechen läßt. Man surft auf der Datenwelle durch das Internet, klinkt sich on-line beim Metzger ein und ruft sich die aktuellen Jagdwurst-Angebote ab oder grillt über CD-Rom.
Die ganze Welt ist voller Wellen, es gibt welche der Empörung, der Entrüstung, der Begeisterung, Wellen, die plätschern ebenso wie jene, die überschwappen, es gab die Neue Deutsche oder die aus Blech, die Welle, die abebbt und die, die das Faß zum Überlaufen bringt, und in der Bibel steht: ›Deine Welle geschehe!‹
Sogar die Luft ist voller Wellen, aber keiner sieht sie und keiner fühlt sie ... jedenfalls nicht bewußt. Wer weiß aber, ob nicht gerade eine Ätherwelle mit dem Bild von Ilona Christen mit Waschmittelpackung durch meine Unterhose schwappt. Kein Wunder, wenn dann die Blase drückt. Und wer ahnt schon, wieviel Handy-Benutzer mit ihrem tragbaren ›Zur Zeit kein Netzaufbau möglich‹-Display direkt durch meinen Kopf hindurch mit ihrer Ex-Frau die Anwaltstermine absprechen. Ganz ehrlich – das ist keine schöne Vorstellung!

IST JA IRRE – EINE APOKALYPSE ZUM KNUTSCHEN

Anhänger der sogenannten Chaos-Theorie behaupten, es existiere keine Ordnung und niemand weiß, welche Aktion welche Gegenreaktion irgendwo auf der Welt auslösen kann.
Sie sagen, wenn sich in Bottrop ein Schmetterling auf eine Curry-Wurst setzt, kippt in China ein Sack Reis um. Oder wenn sich bei McDonalds ein Student nach vier Portionen lauwarm frittierter Hühnerfüße auf der Damentoilette übergibt, wird in Neu-Guinea ein Rentner von einem polnischen LKW überfahren. Oder wenn die Telekom in Deutschland die Telefongebühren erhöht, ruft keiner mehr bei Tante Nellie in Kentucky an, die sich darum aus lauter Frust aufhängt, wodurch dann wieder in Bottrop ein Schmetterling in die Fritteuse flattert. So ungefähr läuft das mit der Chaos-Theorie. Und genau so wird auch eines Tages die Welt untergehen. Folgendes wird geschehen:
Carolin Reiber läßt in der Volkstümlichen Hitparade versehentlich einen fahren. Das Publikum hält den quäkigen Mißton lediglich für ein verstimmtes Alphorn und fängt erstmal prophylaktisch an zu schunkeln. Dadurch stirbt in einem kleinen Tümpel in Südfrankreich eine seltene Amöben-Art aus und der Dollar sinkt auf unter eine Mark das Kilo. Gleichzeitig bemerkt Maren Gilzer erschreckt, daß sie versehentlich einen Schlüpfer anhat, der farblich überhaupt nicht zu dem gesuchten Ereignis mit 27 Buchstaben paßt (›Brechdurchfall am Heiligabend‹) und dreht verstört den falschen Konsonanten um. Dies verursacht in Rußland ein Verkehrschaos am langen

Donnerstag und eine Laufmasche in der Strumpfhose von Jürgen Möllemann, wodurch in New York Talkmaster David Letterman einen Herzanfall erleidet. Dies stürzt die Produzenten deutscher Late-Night-Shows in die totale Verwirrung und führt dazu, daß am Donnerstag abend Harald Schmidt die Kaffeetasse mit der falschen Hand anfaßt und zweimal zuwenig auf den Tisch trommelt, wodurch es zu einem katastrophalen Quotentief kommt. Als Folge davon erscheint am nächsten Morgen in der Bild Zeitung die Schlagzeile: »Pfui Deibel - Juhnke wieder hacke! Harald säuft uns alles weg!«, und in Köln-Hürth findet eine junge BWL-Studentin ein benutztes Kondom und einen toten Schmetterling in ihrem Geflügelsalat. Zur beinahe gleichen Zeit bricht beim Radiosender OK-Magic-Larifari das Telefonnetz zusammen aufgrund der Durchsage, die ersten hundert Anrufer erhielten kostenlos eine Handvoll Sand. Diese Panne hat als Konsequenz, daß in Tokio überraschend eine Kochlöffel-Filiale wegen Salmonellenmangel schließen muß. Und während es auf einem kleinen Atoll im Südpazifik heftig rumst, gesteht Patrick Lindner in einem Brigitte-Interview, daß er nur deshalb so lächelt, weil er immer einen lebenden Hamster in der Unterhose hat.
Was dann später noch wann und wo warum geschieht und zu was führt, weiß ich auch nicht so genau, aber am Ende fliegt jedenfalls die Erde in die Luft - doch wenn man ehrlich ist, sind alle recht froh darüber, weil ihnen der ganze Irrsinn doch schon tierisch auf die Nerven ging.
Ach ja, und was ich noch vergaß: irgendwo in der Chaos-Abfolge geht außerdem ein kleiner engagierter Buchverlag pleite, weil er statt Büchern mit leckeren Häkel-Rezepten für alleinstehende Widder-Frauen mit viel Sinn für Romantik auch am Arbeitsplatz nur noch hanebüchene Schwachsinn-Schwarten über Weltuntergänge und Fernseh-Horror von irgendwelchen geisteskranken Hobby-Autoren abdruckt. Schade eigentlich.

K A L K O F E S

LIEBESGRÜSSE AUS PEINE

Mein Name ist Ofe, Kalk Ofe. Mit der Lizenz zum Lästern. Ich komme aus Peine. Eine piefige kleine Stadt, die nicht umsonst einem bezeichnenden Adjektiv den Wortstamm lieh, und vielleicht am ehesten mit einem gehäkelten Klorollenhütchen zu vergleichen ist (gut gemeint, aber potthäßlich, und unter der Hülle alles ziemlich nah an der Scheiße). ›Man lebt nur zweimal‹, sagen manche – in Peine war aber schon einmal ein Problem. Dort seine Jugend zu verbringen ist ungefähr so aufregend wie den 18. Geburtstag bei den Großeltern zu feiern. Das höchste Ziel war stets das Mittelmaß, Wodka Martini hieß Old Hopking und nicht einmal den Milch-Shake bekam man geschüttelt. Die Idole der Jugend waren der örtliche Zweigstellenleiter der Sparkasse oder der Mitarbeiter des Monats im Kochlöffel.

Für mich aber war es James Bond. Der Mann, der mir zeigte, daß es zwei Dinge gab, für die es wert schien weiterzuleben: eine Welt außerhalb der Stadtgrenze und Frauen, die den Samstagabend nicht auf Tupperware-Partys verbrachten. In einer Zeit, in der Männer auf die Fresse fielen, weil sie über ihren eigenen Hosensaum stolperten, trug er Smoking, trank Dinge, die nicht aus dem Aldi kamen und erschoß einfach die Leute, die ihn nervten. Das tat man damals nicht, man diskutierte Fragen aus, am besten im Schneidersitz bei einer verkratzten Platte von Barclay James Harvest. Aber 007 war nicht so, der hockte nicht herum und sagte: »Du, Blofeld, das finde ich jetzt echt nicht gut von dir, daß du da dieses ganze Land in die Luft gesprengt hast, ne … aber hast du noch so ein Täßchen Tropenfeuer-Tee?« - Nein, James Bond zog in solch einem Fall die gute alte Walter PPK immer

noch dem Räucherstäbchen vor – und er durfte das auch, denn er hatte die Lizenz dazu. Und die Frauen fanden das toll. Bei ihm sagte keine ›Nein‹, vor allem niemals ›Du, tut mir leid, aber laß uns doch Freunde bleiben!‹ In dem Fall hätte er ja auch erinnern können: ›Übrigens, Baby, ich hab da so 'ne Lizenz ...‹ - aber das hatte er nie nötig. Für ihn war der Beischlaf nicht mehr als eine Begrüßungsfloskel, und jede Dame wußte seine Höflichkeit zu schätzen. Wenn möglich versuchte sie ihn sogar bei seiner Arbeit zu unterstützen und ließ sich schon nach der ersten Nacht von einem Schurken nach Wahl ermorden. Das half meist im Fall weiter und ersparte zudem lange Trennungsgespräche. Doch ganz egal, was es war - die Art, wie er seinen Namen sagte (Barbara Eligmann übt heute noch!), die Lässigkeit, mit der er die Welt rettete, während man selber durch die Führerscheinprüfung fiel oder was auch immer - James Bond war einfach der Größte. Und die Hoffnung. Und das Gegenteil von Peine. Danke, James!

William Kotzwinkles »herrliche Satire« (Spiegel) auf den Kulturbetrieb

William Kotzwinkle
Ein Bär will nach oben
Roman
Aus dem Amerikanischen
von Hans Pfitzinger
276 S. · geb. mit SU · DM 36,–
ISBN 3-8218-0374-6

Es war einmal ein großer, brauner, amerikanischer Bär, der fand unter einer Fichte ein Roman-Manuskript. Weil er es nicht schlecht fand, zog er sich einen Anzug an und machte sich damit auf nach New York. Und er nahm Amerika im Sturm.

»Eine Mischung aus ›Forrest Gump‹ und den satirischen Attacken auf den American way of life eines T.C.Boyle. Selten wurde der sogenannte Kulturbetrieb treffender karikiert als in in dieser Fabel.«
Schweizer Illustrierte

»... ein riesiges Lesevergnügen, ein skurriler Roman über das Auf und Ab des Lebens, eine gelungene Satire auf die Eitelkeit der Medienwelt, eine überaus geschickte Reflexion über die alten Gegensätze von Stadt und Land, Natur und Unnatur, eine große, moderne, zeitgemäße Fabel.« *NDR*

EICHBORN.

Wir schicken Ihnen gern ein Verlagsverzeichnis:

Kaiserstrasse 66 · 60329 Frankfufrt · Telefon 069/25 60 03-0
Fax 25 60 03-30 · Internet: http://www.eichborn.de

Oliver Kalkofe: Tonträger

CD: Onkel Hotte – Hotte X. *Best.-Nr. 11-38...29,90 DM.*
CD*: Onkel Hottes Märchenstunde Teil 2 – Spiel mir das Lied vom Zwerg. *Best.-Nr. 11-24...29,90 DM.*
CD*: Onkel Hottes Märchenstunde Teil 3 – Ein Zwerglein hängt im Walde. *Best.-Nr. 11-11...29,90 DM.*
CD*: Onkel Hottes Märchenstunde Teil 1. *Best.-Nr. 11-06...29,90 DM.*
CD*: Herr Radioven – Hallooooooo (Andreas Liebold als Herr Radioven). *Best.-Nr. 11-15...29,90 DM.*
Doppel-CD: Kalk & Welk (zusammen mit Oliver Welke). *Best.-Nr. 11-30...39,90 DM.*
Maxi CD: Onkel Hottes 10 Kleine Glatzenköpp. *Best.-Nr. 11-12...12,– DM.*
Maxi-CD: Onkel Hotte & die beschissenen Sechs. Wichtel in der Nacht. *Best.-Nr. 11-23...12,– DM.*
Mit * gekennzeichnete CDs gibt's auch als MC für 19,90 DM.

Alle CDs, T-Shirts, weitere Fanartikel sowie der kostenlose Gesamtkatalog sind zu bestellen über:
FRÜHSTYXRADIO-Mailorder, Postfach 150291, 28092 Bremen
oder im Internet: www.fruehstyxradio.de